명문대생 39인이 말하는

17살, 나를 바꾼 한 권의 책

명문대생 39인이 말하는
17살, 나를 바꾼 한 권의 책

지은이_ 구진아 외 38인

1판 1쇄 발행_ 2008. 7. 16
1판 19쇄 발행_ 2018. 9. 10

발행처_ 김영사
발행인_ 고세규

등록번호_ 제406-2003-036호
등록일자_ 1979. 5. 17

경기도 파주시 문발로 197(문발동) 우편번호 10881
마케팅부 031) 955-3100, 편집부 031) 955-3200, 팩시밀리 031) 955-3111

값은 뒤표지에 있습니다.
ISBN 978-89-349-3056-3 03810

홈페이지_ www.gimmyoung.com   블로그_ blog.naver.com/gybook
페이스북_ facebook.com/gybooks   이메일_ bestbook@gimmyoung.com

좋은 독자가 좋은 책을 만듭니다.
김영사는 독자 여러분의 의견에 항상 귀 기울이고 있습니다.

이 도서의 국립중앙도서관 출판시도서목록(CIP)은 서지정보유통지원시스템 홈페이지(http://seoji.nl.go.kr)와
국가자료공동목록시스템(http://www.nl.go.kr/kolisnet)에서 이용하실 수 있습니다.(CIP제어번호 : CIP2014011594)

명문대생 39인이 말하는

17살,
나를 바꾼
한 권의 책

구진아 외 38인 지음

김영사

한 권의 책이 가져오는 변화,
그 상상을 초월하는 힘

나는 지금도 '바꾸다'라는 말을 생각하면 가슴이 뛴다. 스물두 살에 가스 배달원, 막노동꾼의 삶을 바꾸려고 마음먹었던 순간을 나는 결코 잊지 못하기 때문이다. 그때 그 순간이 없었다면 내신 5등급의 싸움꾼으로 고등학교 시절을 보냈던 내가 변호사가 되어 다른 사람들의 인생에 도움이 되는 삶을 산다는 것은 생각지도 못할 일이다.

이 책에 실린 39명의 학생들 글을 읽으며 10대에 자신을 바꾸어 줄 기회를, 그것도 책을 통해 가질 수 있었던 학생들이 부러웠다. 나한테도 그 시절에 이런 형과 누나들이 있었으면 좋았을 텐데 하는 아쉬움도 느꼈다.

이 책은 명문대에 진학하는 법을 알려주는 책이 아니다. 지금 이 순간에도 많은 학생들이 왜 공부를 하는지, 어떤 자세로 살아야 하는지, 어떤 진로를 선택해야 할지, 부모님과 선생님, 친구들, 혹은 이성친구와의 관계를 어떻게 풀어야 할지, 빡빡한 공부 일정 때문에 오는 스트레스를 어떻게 풀어야 할지 방법을 찾지 못하고 고민하고 있다. 이 책은 그 시절을 통과해온 선배들이 중·고등학교 시절 자신이 겪었던 어려움을 책을 통해 어떻게 해결했는지, 그 진솔한 경험담을 담고 있다.

성장하고 싶은 사람들은 늘 배우고 익힌다. 나를 바꾸고 변화시켜 더 큰 나무로 성장하고 싶은 사람들은 앞서간 사람들의 경험에서 배운다. 경험을 일일이 다 말로 전해줄 수 없어서 사람들은 책에 기록한다. 한 권의 책이 주는 힘은 그래서 대단하다.

빠르게 성장하고, 무한대로 가지를 뻗쳐나갈 수 있는 청소년기에 책 한 권이 주는 영향은 실로 상상을 초월하는 힘을 가진다. 이 책을 통해 대한민국 청소년들의 삶이 보다 가치 있는 꿈을 향해 바뀌기를 희망한다.

장승수(『공부가 가장 쉬웠어요』 저자, 변호사)

contents

3 내가 잘할 수 있는 것

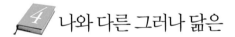

4 나와 다른 그러나 닮은

5 사막을 건너는 힘

괜찮아, 공부가 가장 쉬웠던 사람도 있잖아
장승수 「공부가 가장 쉬웠어요」

다시 시작한다는 것은 그리 어려운 일이 아니다
오히라 미쓰요 「그러니까 당신도 살아」

최상의 공부는 무지를 참을 수 없는 욕구에서 시작한다
장정일 「장정일의 공부」

미친 듯 좋아하면 그 분야의 전문가가 된다
유홍준 「나의 문화유산 답사기」

기능인으로 살아갈 것인가, 지식인으로 살아갈 것인가
장 폴 사르트르 「지식인을 위한 변명」

인생을 멀리 보면 공부도 편안해진다
미치 앨봄 「모리와 함께한 화요일」

공부, 1

왜 해야 하지?

공부, 왜 해야 하지?

괜찮아, 공부가 가장 쉬웠던 사람도 있잖아

장승수 『공부가 가장 쉬웠어요』

구진아 (이화여자대학교 경제학과 4학년)

  지금이야 서점가에 넘쳐나는 공부 비법 서적들로 인해 대체 무엇을 봐야 할지 고민이 될 지경이지만 내가 중·고등학생이던 시절 공부 좀 하던 친구들 사이에서 최고의 베스트셀러는 바로 『공부가 가장 쉬웠어요』였다. 나 또한 트렌드에 뒤지지 않기 위하여 이 책을 읽었는데, 중학생이었던 나에게 이 책은 그저 '서울대 들어가기 참 힘든 거구나' 라는 짧은 인상만을 남겨주었다.

  하지만 『공부가 가장 쉬웠어요』가 정말 내 가슴속에 콕 박혀버린 때는 바로 내가 고3이던 2002년 봄이었다. 논술을 준비하기 위해

1. 공부, 왜 해야 하지?

학교 도서관을 서성이던 중 이 오래된 책을 발견하고는 단숨에 읽어버렸다. 그리고 한참을 멍해 있었다.

고3, 곤두박질친 성적

솔직히 말해서 고3 때 나의 모의고사 점수는 그리 좋지 않았다. 지금 생각해도 핑계 같지만 비평준화 지역이었던 안양고등학교에 입학하고 보니 각 중학교에서 날고 기던 친구들만 가득했고 당연히 내신은 곤두박질쳤다.

그렇게 2년을 보내고 나니 공부에 대한 열정도 욕심도 사라지고 그냥 그 상태로 안주하며 지루한 고3을 보낼 수밖에 없었다. 물론 다른 친구들만큼 열심히 하지 않았으니 당연한 결과였겠지만 한 번 떨어진 점수는 쉽게 회복되지 않았다. 그런데도 신기하게 시간이 지날수록 마음은 더 편해지고만 있었다.

나는 그때 안주하고 있었다. 자랑이 아니라 아무것도 모르던 어린 시절에는 칭찬 받는 것이 좋아 공부했지만, 중학생이 되면서 기대하는 부모님과 선생님들의 시선은 점점 부담이 되었다. 그러나 고등학교 입학 후 성적이 떨어지면서 나를 억누르던 주위의 기대감은 조금씩 낮아졌고 그렇게 시간이 흐르면서 점수 1점에도 부르르 떨던 나는 온데간데없이 사라져버렸다.

단순히 좋은 대학을 가기 위해서는 그 누구도 스무 살이 될 때까지, 아니 그 이상 계속해서 공부를 하지는 못할 것이다. 그러나 공부를 하고 시험도 보고 그 과정에서 나를 평가하고 그 결과로 보람을 느끼면서, 힘든 만큼 스스로 느끼는 소소한 재미와 보람들이 나를 더욱 열심히 공부하게 만든 건 아니었는지 생각해본다.

사람의 적응력이란 참 무서웠다. 전에는 며칠은 울고불고했을 점수를 받고서도 "내가 그럼 그렇지" 하고 금방 잊어버리기 일쑤였고 성실하지 못한 나에 대한 반성이나 죄책감도 형식적인 행사가 되어 버린 고3의 봄이었다.

아빠의 승합차에서 자라난 생각의 크기

작은 키에 남보다 잘하는 것도 없고 어려운 가정형편을 탓하며 비뚤어져 버렸던 저자가 배움의 기쁨을 느끼고 안 해본 일 없이 정말 치열하게 일하고 공부하며 한 걸음 한 걸음 그 꿈에 다가가는 과정은 그 어떤 혁신적인 공부 비법 책보다도 더 큰 의미로 다가왔다. 부모님의 헌신적인 보살핌과 좋은 환경 속에서 뛰어난 공부 업적을 이루어낸 사람들이 주인공인 책들은 그저 대단하다는 생각뿐 마음으로 다가오진 않았다. 하지만 어머니가 사 준 점퍼 하나로 고시원에서 대학 한 학기를 지내고 있는 동생을 위해서라도 반드시 국립대인 서울대에 가야만 했던 주인공의 진솔한 이야기와 처절한 노력들은 마치 이 세상 모든 고민을 떠안은 것처럼 거짓 고3병을 앓았던 나를 부끄럽게 했다.

고등학교 내내 학원을 다녔으면서도 과외 받는 친구들을 부러워하며 괜히 부모님께 투정만 부렸던 내가 참 어리게 느껴졌다. 아버지는 새벽시장에 가야 하면서도 잠을 줄여가며 날마다 나를 데리러 왔다. 아버지의 차가 주차된 곳은 야간 자율학습 시간이 끝난 후 학생들을 태우러 오는 다른 부모님들의 차와 학원 차로 빼곡했던 운동장이 아니었다.

처음에는 그저 아버지가 늦어서 안 좋은 자리에 주차를 하는 줄 알았다. 그러던 나는 어느 날부터인가 학교에서 가장 좋은 위치에 주차된 아버지의 차를 보고 나서야 그 진짜 이유를 짐작할 수 있었다. 아빠가 운전하시는 회사차에 붙어 있던 홍보용 글귀가 사라졌기 때문이었다. 회사 승합차에 새겨져 있던 '○○관광나이트 호텔'이라는 글귀 때문에 혹시라도 내가 친구들에게 창피할까봐 학교 건물 뒤 그늘져 잘 보이지 않는 곳, 주차하기도 힘든 그 어둡고 좁은 통로에서 언제나 나를 기다렸던 우리 아버지.

이 책『공부가 가장 쉬웠어요』를 읽고 난 후 내가 참 가진 게 많은 사람이라고 생각했다. 그리고 무엇보다 내 고3병의 원인은 바로 나의 나약한 정신 상태라는 단순하지만 분명한 결론을 내릴 수 있었다. 물론 전에도 그 이유를 몰랐던 건 아니지만 어김없이 나를 기다리는 아버지의 차를 타면서 책을 읽고 난 후 더욱 확고해진 나의 의지와 결심들을 앞으로도 잊지 말자고 다짐했다.

생각해보면 내가 중학생이던 때나 고등학생이던 때나 내 성적의 오르내림과 무관하게 부모님께는 언제나 내가 우선이었고, 작은 것 하나도 더 챙겨주고 싶은 그 마음은 변함이 없었다. 변한 것이 있다

17

면 그것은 부모님의 기대감이 아니라 바로 내 생각의 크기였다.

작은 상승곡선에서 느끼는 소소한 재미와 보람

정말 공부가 즐거워서 한 건 절대 아니었지만 내가 죽어도 하기 싫은데 부모님의 기대감 때문에 공부를 한 건 더더욱 아니었다. 놀고 싶은 마음을 참고 공부를 해서 좋은 성적을 얻었을 때 느꼈던 뿌듯함이 좋았고, 도저히 풀리지 않던 문제를 혼자서 낑낑대다가 겨우 이해하고 답을 맞췄을 때 느꼈던 승리감이 좋았다.

이 책의 저자가 6년 동안 막노동을 하며 공부를 계속할 수 있었던 이유는 정말 공부가 가장 쉬웠던 것이 아니라 힘든 만큼 그 어떤 것보다 공부가 가져다주는 기쁨이 컸기 때문이라고 생각한다. 하나씩 머릿속에 지식이 늘어가는 기쁨, 무엇보다 노력할수록 조금씩 상승곡선을 그리는 성적표가 가져다주는 기쁨 때문에 그는 정말 열심히 공부했을 것이다. 그에게 가장 꿀맛 같은 노력의 대가는 서울대 수석이라는 타이틀이 아니라 그 자신만이 느낄 수 있었던, 해냈다는 뿌듯함이었을 거라 생각한다.

아버지가 밤늦게까지 나를 기다린 이유는 내가 좋은 대학에 가는 데 아버지의 희생이 조금이라도 보탬이 되었으면 하는 바람 때문이 아니었다. 수능의 부담과 공부의 압박감에 힘들어 하는 내가 조금이라도 쉴 수 있도록 하기 위해서였고, 하루 종일 선생님의 이야기를 듣고만 있었을 딸의 이야기를 들어주기 위해서였다.

스스로에게 실망만 가득했던 내게 최선을 다했다면 그걸로 된 거라고, 내가 좋으면 부모님도 좋은 거라고 말해주던 아버지가 언제나 내 곁에 있어 주었다. 좋은 대학이 성공의 척도는 아니지만 적어도 내가 좋아하는 일을 하는 데 남들보다 힘든 길이 되지 않기를 바라고 그것을 사회에 나가서야 깨닫고 후회로 가득한 삶을 살지 않기를, 보다 좋은 환경에서 더 많이 배우고 성장하기를 바라는 게 부모님의 마음이었다.

단순히 좋은 대학을 가기 위해서는 그 누구도 스무 살이 될 때까지, 아니 그 이상 계속해서 공부를 하지는 못할 것이다. 그러나 공부를 하고 시험도 보고 그 과정에서 나를 평가하고 그 결과로 보람을 느끼면서, 힘든 만큼 스스로 느끼는 소소한 재미와 보람들이 나를 더욱 열심히 공부하게 만든 건 아니었는지 생각해본다.

이 책 한 권을 읽고 나서 갑자기 전에 없이 열심히 공부를 하게 된 건 아니었지만, 그래도 넘쳐나는 공부에 지치고 힘들어 투정을 부리고 싶을 때면 "그래, 공부가 가장 쉬웠던 사람도 있잖아"하며 『공부가 가장 쉬웠어요』를 떠올렸다. 그리고 이 책은 수능이 끝날 때까지 나약한 나를 채찍질하는 마음 속 응원가가 되어 주었다.

그 후에 모의고사 성적이 드라마틱하게 변한 것은 아니었지만 그랬기에 더욱 수능의 그날까지 포기하지 않고 내 자신을 마인드 컨

트롤 하는 일이 절실했다. 다행히도 그 해 나의 수능 점수는 실망스럽지 않았고 지금 나는 이화여자대학교 경제학과 4학년에 재학 중이다.

『공부가 가장 쉬웠어요』

1996년에 나온 책. IQ 113, 내신 5등급의 평범한 젊은이 장승수가 고교 졸업 6년 만에 서울대학교 수석 입학을 차지한 데 이어 2003년 사법고시에 합격하기까지의 입시 성공담을 그린 책이다. 홀어머니 밑에서 실질적인 가장이었던 장승수는 동생의 학비를 위해 막노동일을 시작했다. 낮은 내신으로 서울대 입학이 번번이 좌절되었지만 고교 졸업 6년 만에 난생 처음 1등을 하며 서울대 인문계열에 수석으로 합격했다.

다시 시작한다는 것은
그리 어려운 일이 아니다

오히라 미쓰요 『그러니까 당신도 살아』

오경석(홍익대학교 회화과 2학년)

2001년 12월 31일 11시 즈음, 뉴질랜드에서 2년 반 동안의 유학
을 마치고 한국으로 돌아온 지 4일째 되는 날, 심한 위 통증이 느껴
졌다. 계속되는 구토, 식도로 올라오는 멀건 위액과 검붉은 핏덩이
를 토해낼 지경에 이른 나는 구급차에 실려 대학병원 응급실로 갔
다. 병원에서 콧구멍으로부터 위까지 주입된 호스를 통해 위액을
뽑아내며 새해를 맞이했다. 걱정하는 어머니와 과다한 알코올 복용
이 원인이라는 의사의 말을 들으며 나는 한심한 유학시절을 떠올렸
다. 아, 이제 어떻게 해야 하는 걸까.

미술대학에 진학하기 위해 귀국했지만 늦은 밤 미술학원 버스 유리창에 아른거리는 것은 오클랜드에서 느꼈던 꿈속 같은 밤의 향수와 친구들이었다. 앞으로 2년간 입시와 고등학교라는 틀에 맞춰 잘 해낼 수 있을까. 과연 대학 문턱을 넘기로 한 것이 올바른 선택일까? 나는 시작도 해보지 않고 머뭇거리면서 과거의 기억에서 헤어나지 못하고 현재의 상황에도 충실하지 못하였다. 혼자서 술을 마시는 등 또다시 방황을 시작했다.

2002년 3월에 편입한 과천외국어고등학교에서 한 살 어린 친구들과 같이 공부하고, 입시 미술학원에 다니면서 주어진 상황에 그저 타협하는 수동적인 입시생활을 하였다. 수능공부도 너무 막막했다. 언어, 수리, 사과탐은 이름조차 생소했고, 고등 교육과정을 처음 접하면서 느끼는 열등감과 함께 입학한 지 두 달 만에 본 모의고사에서는 400점 만점에 189점이라는 점수를 받았다. 영어를 빼면 네 과목을 합친 것이 100점 대인 셈이었다.

칼날처럼 솔직한 삶의 독백

그러던 어느 날 오히라 미쓰요의 『그러니까 당신도 살아』라는 책이 눈에 들어왔다. 중학교 때 할복자살 기도, 열여섯 살에 야쿠자 보스와 결혼 등 젊은 나이에 파란만장한 삶을 산 일본 여인이 사법고시에 합격하기까지의 이야기……. 극적인 텍스트와는 반대로 그녀의 얼굴은 진중하고 단아해 보였다. 하지만 그녀가 살아온 삶의 독백에는 칼이 있었고 아픔과 함께 휘몰아치는 젊은 날이 있었으며 인생의 전환점으로부터 자신이 노력한 과정들을 담담하게 풀어내고 있었다.

그때 나에게는 멘토 또는 대화가 필요했지만 어떤 이의 말도 잘 들어오지 않았다. 같은 과정을 거치지도 않은 어른들의 말은 지레짐작으로 나를 판단하고 어떠한 길을 제시한다기보다 나의 행동양식과 보여지는 것들에 대해 규정짓고 또 자신만의 정의들을 강요한다는 생각이 들었다. 하지만 이 책에서 내가 본 것은 자신의 삶에 대한 솔직한 이야기였다. 성공한 이들의 자만에 찬 목소리가 아니라 부드러운, 하지만 무한한 가능성과 과정에 대한 인생 이야기였다.

이 책은 나의 인생과 과거에 가치를 부여하고 그리움과 공허함을 떠나서 그것을 어떤 원동력으로 변환시키는 계기가 되었다. 나는 공허함의 원인이었던 유학생활의 친구들과 기억들은 재회의 순간을 그리는 하나의 기대로 만들고, 내가 방황했던 날들의 부유하던 생각들은 나를 진중하게 만들 수 있는 동기로 여기면서 목표를 향한 주체적인 계획들을 세우기 시작했다.

일단 특정 대학을 간다는 목표를 설정하고 그와 관련되지 않은 것들을 배제하기로 했다. 결국 과천외고를 1학기 만에 그만두고 검정고시를 선택하게 되었다. 미술대학을 가려는 나에게 외고는 예능계 입시 구조상 시간 소모가 많다고 생각했다. 그 시간을 잘 활용하면 조금 더 내가 주체적인 방법으로 목표에 접근할 수 있다고 생각했다. 아버지가 반대했지만 청계산 자락을 산책하면서 나의 계획을 조심스럽게 아버지에게 설명을 드리고 허락을 받았다. 학교를 그만둔 뒤에는 미술학원 근처 독서실에서 계획을 짜고 공부를 하고 학원 친구들과 미술 실기를 하며 하루하루를 보냈다.

엉켜버린 줄을 인정하고 다시 나아가기

그 후 2003년 8월 검정고시에 합격하고 2004년에는 홍익대학교 회화과에 합격하게 되었다. 합격 여부를 떠나서 그 시절 주어진 과제들을 이겨낼 수 있었던 것은 나의 추억과 과거 그리고 현재 가까이 있는 사람들과 함께한다는 생각 때문이었던 것 같다.

그리움과 공허함을 떠안고 긍정적인 나만의 박스에 추억을 옮겨 담아 두고 이따금 꺼내보면서 나 혼자만의 짜릿한 공상을 했다. 이렇게 방황했던 날들을 상상하는 것 자체가 내게 큰 힘이 되었던 것 같다. 현재 내 주변 관계나 자신의 모습에서 엉켜버린 줄이 복잡하고 그것을 풀어내기가 막막한 경우라면 엉켜버린 줄 자체를 또 하나의 모습으로 인정하고 다시 나아가는 것이 어떨까? 아마도 앞으로 마주하는 일들에 대한 해법과 지혜를 줄 수 있는 소중한 자산이 될 것이라 생각한다.

나는 이 책을 읽으면서 혼자 가졌던 고민의 응어리를 부수고 미쓰요와의 연결고리를 찾았다. 나의 고민을 완벽하게 이해할 수는 없지만 동시대를 살아가는 사람들은 비슷한 고민의 톱니바퀴를 굴리면서 살아가고 있다고 생각한다.

지금 지나온 시간들 때문에 힘들거나 어찌할 바 모르고 있는 후배들이 있다면 오히라 미쓰요의 『그러니까 당신도 살아』를 읽어보라고 권한다. 다시 시작한다는 것은 그리 어려운 것이 아닐 수도 있다. 그것이 꼭 거창하고 대단한 목표일 필요도 없다. 그녀는 어디에 서 있든 바로 그곳이 당신의 출발점이고 그동안 당신이 겪은 숱한 고통과 역경이 당신의 힘이라고 긍정적인 메시지를 날린다. 나도 한마디 해보고 싶다. '뭐 어쨌든 간에 그러니까, 우리도 열심히 살자!'고…….

『그러니까 당신도 살아』

중학생 시절 학교에서 이지메(집단 따돌림)를 당해 할복자살을 기도하기도 했고 폭주족과 어울리던 비행소녀, 야쿠자의 아내, 호스티스 생활 등을 했던 오하라 미쓰요가 자신의 파란만장한 삶을 그린 책. 한자도 제대로 못 읽었던 미쓰요가 공인중개사, 사법서사 자격시험에 연달아 합격하고 1996년 29살에 일본 사법시험에 합격해 변호사로 활동하고 있다.

최상의 공부는
무지를 참을 수 없는 욕구에서 시작한다
장정일 『장정일의 공부』

은종훈(고려대학교 경영학과 2학년)

　내가 이 책을 만난 것은 학창시절 가장 큰 벽이었던 대학 수학능력 시험이 끝난 뒤였다. 책 읽기를 즐기지만 고등학교 3학년 1년간 입시공부에 밀려 책을 마음껏 읽지 못했던 나는 이 무렵 광화문 교보문고에서 거의 살다시피 했다.

　교보문고에서 나는 강렬한 표지의 『장정일의 공부』와 마주쳤다. 제목만 보면 공부 방법에 관한 자기계발서 같지만 표지는 그런 책이 아닐 것 같다는 느낌을 주었다. 평소에 자기계발서 류의 책을 즐겨 읽지 않는 나였지만 나도 모르게 이 책을 집어 들었다.

고등학교 시절, 나는 학교에서 배우는 지식에 회의를 느끼곤 했다. 물론 대학에 가고자 했으니 수업시간에는 열심히 필기하고, 친구들과 같이 학원도 다니고, 모의고사를 본 후에는 문제 하나하나를 검토하며 복습을 했다. 하지만 그러면서도 나는 '과연 이것들이 나를 정말 똑똑하게 만들어주는 걸까?'라는 생각을 떨쳐버릴 수 없었다.

항상 똑똑한 사람이 되고자 했던 나는 학교에서 가르치는 입시공부만으로는 내가 똑똑해질 수 없으며, 행복해지기는 더욱 어렵다고 생각했다. 이런 생각을 하다 보니, 이렇게 공부해서 대학에 가는 게 뭐 대수냐 하는 허무함에 꽤 오랜 시간 방황하기도 했다. 지금 생각해보면 참 부끄러운 일이다. 비겁하게도 학교에서 가르치는 것들의 문제점만 비판했을 뿐 어떠한 행동도 취하지 않고 그저 학교 공부로부터 도망치려고만 했기 때문이다.

그 시절 나를 허무에서 끌어내 잡아준 것은 책이었다. 지금도 내 방 책꽂이에 꽂혀 있는 책들은 나의 지적 욕구를 충족시켜주었고 결국에는 '그래, 이게 마음에 들지는 않지만 더 똑똑해지려면 대학에 가야 되겠다'라는 생각을 하게끔 만들었다.

마음을 잡은 나는 고등학교 3학년 1년 동안 나 자신에게 후회 없이 최선을 다해 입시공부에 매진했다. 하지만 수능시험을 욕심만큼 잘 보지는 못했다. 그럼에도 불구하고 막막하지 않았던 이유는 그때 내가 이 책을 읽고 있었기 때문이었다. 나에게 이 책은 공부 가운데 최상의 공부란 무엇인가를 해내기 위한 것이라기보다는 무지를 참을 수 없는 자발적인 욕구와 앎의 필요를 느껴서 하는 것이라는 것을 말해주었다. 나에게 『장정일의 공부』가 고등학교 시절의 마지막 책으로 다가온 것이 우연은 아닐 것이다. 그것은 운명과도 같은 만남이었다.

대학 수능시험을 준비하는 학생이나 혹은 자신의 꿈을 위해 대학이 아닌 다른 곳을 원하고 있는 학생이라 할지라도 학창시절 한번쯤은 '왜 공부를 해야 할까, 과연 이런 공부가 나에게 진짜 필요할까?'라는 생각을 해봤을 것이다. 내 경우에는 이 고민을 끝없이 했기 때문에 그만큼 공부하기가 싫었던 것 같다. 이런 고민을 한번쯤 해본 학생이라면, 장정일이 말하는 최상의 공부에 대해 생각해보기를 바란다. 자신이 공부하는 이유에 대해 깨달을 수 있다면 입시공부라는 억압 속에서도 공부를 즐길 수 있지 않을까?

중용은 미덕이 아니다

지식의 양과 똑똑함은 절대로 비례하지 않는다. 지식의 양은 똑똑한 사람이 되기 위한 전제 조건일 뿐이지, 지식을 많이 습득한다고 해서 똑똑해지는 것은 아니기 때문이다. 학교공부에서도 마찬가지다. 예를 들어 사회문화를 공부하면서 '인구 문제가 이렇고 저렇다'라는 사실을 아는 것은 단순한 지식을 습득한 것일 뿐 이를 통해 더 똑똑해지는 것은 아니다. 습득된 지식을 통하여 깊은 고민을 하고, 나만의 논리를 확립해나갈 때 비로소 똑똑해지는 것이다.

이 책에서 가장 감명 깊었던 부분은 저자 서문이었다.

중용이 미덕인 사회의 요구와 압력을 나 역시 오랫동안 내면화해왔다. 이 말을 믿지 않는 사람도 있을지 모르지만, 한번 생각해보라. 모난 사람, 기설을 주장하는 사람, 극단으로 기피 받는 인물이 되고 싶은 사람이 어디 있겠는가? 나는 언제나 '중용의 사람'이 되고 싶었다. 그런데 어느 날 알게 되었다. 내가 '중용의 사람'이 되고자 했던 노력은, 우리 사회의 가치를 내면화하고자 했기 때문도 맞지만, 실제로는 무식하고 무지하기 때문이었다는 것! 그렇다. 어떤 사안에서든 그저 중립이나 중용만 취하고 있으면 무지가 드러나지 않을 뿐더러, 원만한 인격의 소유자로까지 떠받들어진다. 나의 중용은 나의 무지였다. 중용의 본래는 칼날 위에 서는 것이라지만, 많은 사람들에게 그것은 사유와 고민의 산물이 아니라, 그저 아무것도 아는 게 없는 것을 뜻할 뿐이다. 그러나 그 중용에는 아무런 사유도 고민도 없다.

내 고등학교 시절을 마무리해준 이 책은,
의미를 찾지 못한 공부에서
무조건 도망치려고 했던
나의 모습을 보게 해주었다.
좀 더 적극적으로 공부의 재미를 찾으려고 노력했더라면 하는 반성은
현재 대학생활을 좀 더 재미있고,
적극적으로 해나갈 수 있는 힘을 주었다.

표현이 극단적이기는 하지만, 나는 이 말에 크게 공감했다. 우리가 어렸을 적부터 들어오던 '중용의 미덕'이라는 것이 자칫 기계적 중용이 될 위험성이 있기 때문이다. 나의 생각에 대하여, 나의 주장에 대하여 충분한 사색과 타당한 논리가 있다면 확실하게 주장할 수 있는 것. 나는 이 또한 진정한 공부가 될 수 있다고 생각한다.

나만의 생각과 느낌으로 즐겨라

이 책은 다양한 주제들에 대한 저자 장정일의 견해와 논리를 담고 있다. 나는 저자의 생각에 어떤 부분은 동의하고, 어떤 부분은 반대하며 읽었다. 누군가의 생각을 그저 막연하게 받아들이는 것이 아니라 이에 대한 나만의 생각과, 나만의 느낌을 갖게 되는 것. 이것이 독서와 공부가 나에게 주는 최고의 즐거움이고 선물이 아니겠는가.

내 고등학교 시절을 마무리해준 이 책은, 의미를 찾지 못한 공부에서 무조건 도망치려고 했던 나의 모습을 보게 해주었다. 좀 더 적극적으로 공부의 재미를 찾으려고 노력했더라면 하는 반성은 현재 대학생활을 좀 더 재미있고, 적극적으로 해나갈 수 있는 힘을 주었다.

지금도 나는 『장정일의 공부』를 자주 들춰본다. 공부가 허무한 일이라고 느껴질 때, 공부하는 이유에 대해 잘 모를 때, 또 공부가 재미없어질 때 책장 한가운데 소중하게 꽂힌『장정일의 공부』를 꺼내어 활자 속으로 들어가 한바탕 놀고 온다.

『장정일의 공부』

독서광으로 알려진 장정일의 광범위한 세상 공부 내용을 기록한 인문학 에세이. 장정일은 진짜 독서란 세상을 바라보는 '자신만의 눈'을 기르는 것이라고 말한다.

17살, 나를 바꾼 한 권의 책

미친 듯 좋아하면
그 분야의 전문가가 된다
유홍준 『나의 문화유산 답사기』

류란(고려대학교 영어영문학과 4학년)

　어렸을 적부터 나는, 유독 역사와 지리를 좋아했다. 초등학교 4학년 때였나? 사회 시간에 우리나라에 있는 강과 산의 이름, 지명, 그리고 그 지역의 역사 등을 배우는 게 그렇게 재미있었다. 거실 벽면에 아주 큰 한국전도를 붙여놓고 오가며 보곤 했다. 공부라는 생각은 들지 않았다. 하다못해 '전국노래자랑'과 '전설의 고향'을 볼 때에도 애써 그 지형과 지역에 대한 나의 배경지식을 대입해보곤 했다.

배운 것들을 실생활에 적용하고 실생활에서 놓치지 않고 관찰한 것들이 수업시간에 등장하고, 이런 사소한 것들이 질리지 않고 공부에 흥미를 느낄 수 있게 하는 계기였다. 수험생활 마지막까지 나는 공부를 책상에 앉아 마주하는 이론이라 생각하지 않았다. 미적분 그래프를 배우면서 인테리어 가게에서 봐두었던 독특한 회전체 모양의 스탠드를 생각하며 혼자서 단면도를 그려보았던 기억이 난다. 사용하지 않는 지식은 죽은 것이나 다름없으니까, 내가 배우고 있는 모든 것들이 기억 어딘가에 자리 잡아 언제고 꺼내볼 수 있으리라 생각했다.

유홍준의 『나의 문화유산 답사기』가 갖는 의미 역시 이와 같다. 만약 이 책이 우리나라의 유물들을 박물관 구경하듯 찬찬히 시간 순으로 나열했다면 큰 감흥이 없었을 것이다. '선사시대 하면 고인돌이죠, 우리나라 고인돌의 특징은 이렇고 저렇고, 고인돌의 분포 지역은 이러쿵저러쿵…….' 숱하게 보아왔던 국사책의 유물에서는 생동감을 느낄 수 없었다. 국사책의 유물들은 쇼 타임이 시작되자 불려나온 배우들처럼 아름답고 유명하지만 나름의 가치와 의미를 느끼기엔 무언가 부족했다.

작가는 모래사장에서 진주를 주운 사람마냥 유물 하나하나의 모습에 감탄하고 희열을 느낀다. 진주처럼, 아니 진주보다 더 귀하고 아름다운 유물들은 사람들의 시선이 머물지 않는 곳에 조용히 자리 잡고 있다. 작가는 그러한 유물들을 발견할 수 있는 전문가적인 식견과, 어느 누구보다 문화재를 사랑하는 마음을 갖고 있다. 작가에게는 우리나라 어느 마을 어귀에 있는 돌과 나무조차 평범치 않다. 몇 백 년, 몇 천 년을 그 자리에서 머물고 있었을 유물들이 작가의 손길에 생명을 얻어 "너희들이 스쳐 갔던 내가 사실 이런 존재야"라고 말하는 것 같다. 사회탐구 영역 교과서 속 사각형 그림 박스 안에 들어 있던 것들이 튀어나온 것 같다. 『나의 문화유산 답사기』가 역사와 지리에 더욱더 관심을 가지고 재미있게 공부할 수 있는 계기가 됐던 것은 물론이다.

공부를 하다 보면 교과서에 등장하는 개념들, 사건과 사물들이 경직돼 보이고 낯설어 보일 때가 많다. 그럴 때엔 아무리 그러한 것들을 반복해서 외우고 쳐다보아도 머릿속에 들어오지 않는다. 개념은 느끼고 반응했을 때 비로소 나의 것이 된다. 그 개념에 대한 나의 반응, 나의 느낌, 나의 생각을 갖는 것도 공부라고 생각해야 한다. 분명 공부의 연장선이다.

지식을 수동적으로 입력 당해서는 안 된다. 선생님이 수업시간에 들려주는 것들은 모두 소스일 뿐이다. 밑줄 그으며 읽었던 교과서와 참고서 속 지식 역시 그러하다. 그러한 소스들을 어떻게 나만의 방식으로 재구성할 것인가, 어떤 체계 안에 어떤 방식으로 넣을 것인가는 오로지 자신의 몫이다. 상위권 학생들의 경우 어려운 질문에도 막힘없이 대답하곤 하는데-논술에서 특히 유리하다-이것은 분명 자신만의 방식으로 지식을 정리한 경험이 있기 때문이다.

날 자극하고 흥분시킬 수 있는 일 찾기

『나의 문화유산 답사기』를 읽다 보면 작가가 꽤 흥분해 있다는 느낌을 받게 된다. 아름답고 소중한 유물이나 풍경을 만날 때면 감탄하고, 찬양하기까지 한다. '아' 하는 소리가 절로 나온다. 무엇인가를 보고 감동받고 흥분할 수 있다는 것은 그만큼 그 분야에 식견이 있다는 뜻이다. 작가가 길가에 세워진 비석을 보고 흥분할 수 있었던 것은 남들이 미처 알아채지 못하고 지나친 가치를 알아보았기 때문이다. 얼마나 멋진 일인가. 다른 사람들에게는 없는 가치 있는 것을 찾아낼 줄 아는 눈, 그리고 자신이 느낀 감동을 독자들에게 그대로 전달하기 위해 열과 성을 다 하는 작가. 그의 열정과 정성이 온전히 활자를 통해 느껴지니 『나의 문화유산 답사기』가 베스트셀러요, 스테디셀러요, 교과서에 등장하는 글이 되었다는 사실은 언급할 필요도 없다.

무엇인가를 미친 듯이 좋아하는 사람은 그 분야의 전문가가 된다. 역으로, 어떤 분야에 대해 아는 것이 늘어나면 그것을 좋아하게 된다. 관심 있기 때문에 계속 지켜보게 되고 그렇기 때문에 그 분야에 대한 지식은 날로 쌓여간다. 대부분의 남자들이 좋아하는 유럽 프로 축구경기를 보라. '매니악maniac'이라고밖엔 설명이 되지 않는다. 새벽 늦게까지 뜬 눈으로 기다렸다가 경기를 보고, 분석하고, 좋아하는 선수가 골이라도 넣은 날에는 아무 연고도 없는 사람들이 좋은 컨디션으로 하루를 맞이한다. 관심 있고 좋아하는 분야가 있다는 것, 그래서 그 분야의 전문가가 된다는 것은 참으로 짜릿하고 즐거운 일이다. 삶의 활력소가 된다. 수험생 시절은 숱한 스트레스와 자기 비하에 시달리기 '딱 좋은' 시기다. 이럴 때 생각만 해도 의욕이 넘치고 생기가 도는 나만의 전문 분야 하나가 있다면, 그것이 힘이 되고 약이 된다.

『나의 문화유산 답사기』는 또한, 내 인생의 좋은 자극이 되었다. 나는 현재 기자 지망생이다. 어렴풋이 어렸을 적부터 기자가 되고 싶었다. 기자가 무슨 일을 하는지, 얼마나 힘든 직업인지 아는 바는 없었다. 그저 뉴스가 재미있었고 신문 읽는 일이 생활화돼 자연스럽게 나도 이런 일을 하겠거니 생각했다. 하지만 공무원, 특히 교사라는 특정 직업을 강요하는 사회 분위기에 흔들린 적도 있었다. 주변의 친구들이 모두 사대와 교대에 진학했을 뿐만 아니라, 오랜 공무원 생활을 경험하신 아버지의 강력한 추천도 있었다. 하지만 나의 앞날인데, 나의 진로인데, 무책임하게 주변 사람들의 권유에 휘말릴 수 없었다.

나도 나를 미치게 하는 일, 생각만 해도 좋아서 떨리는 분야에 집중하고 싶었다. 그것이 얼마나 멋진 인생일지는 책을 보아 충분히 간접 경험했다. 짧은 인생 동안 끊임없이 날 자극하고 흥분시킬 수 있는 일은 분명 '기자'였다. 그리고 지금 그 길을 선택했고, 현재 고대신문 편집국장으로 재직 중이다.

앞으로 이 길이 얼마나 험난할지, 정말 멋진 기자가 될 수 있을지 걱정스럽고 불안하지만 그래도 행복하다. 유홍준만큼이나 나도 지금 열기로 가득 차 있다. 좋아하는 일을 찾았기 때문이다. 나 역시 다른 기자가 알아채지 못한 사회현상과 뉴스거리를 찾아들고선 흥분에 흥분을 거듭하며 삶의 짜릿한 순간을 만끽하고 있을지 모를 일이다. 모래 속 진주 찾는 일에 혈안이 되어 있을지 모를 일이다.

『나의 문화유산 답사기』

미술사학자인 저자 유홍준이 우리가 무심히 지나치는 유적들을 꼼꼼히 답사하면서 산하에 스민 역사의 자취와 누대의 숨결을 발굴하여, 해박한 지식과 탁월한 이야기 솜씨로 풀어놓은 책이다. 종횡으로 얽히고 설킨 유적의 신비를 실타래를 풀어내듯 명료하게 해설해가는 저자의 말솜씨는 우리 문화유산을 다시 찾아보는 붐을 일으켰다.

기능인으로 살아갈 것인가, 지식인으로 살아갈 것인가

장 폴 사르트르 『지식인을 위한 변명』

이재욱(서울대학교 정치학과 4학년)

문득 학창시절을 돌이켜 생각해본다. 아침 일찍 하루 일과가 시작되고, 학교 수업이 끝난 후에는 독서실 내 자리에 앉아서 입시공부를 시작한다. 교과서를 뒤적이며 줄을 치고, 문제집을 풀고, 틀린 문제를 복습한다. 집에 돌아오면서 '아, 더 열심히 공부해야겠다'고 다짐을 한다. 오늘이 무사히 끝났고, 내일도 비슷하겠지 생각하며 잠자리에 든다.

내 학창시절은 이처럼 정상적이지만 심심한 하루의 반복이었다. 왜인지는 알 수 없지만 그렇게 몇 년을 보내왔다. 그렇다면 여러분

1. 공부, 왜 해야 하지?

들의 하루하루는, 학창시절은 어떠한가?

누구도 답을 내려주지 않는다

우리 모두는 세상에 내던져진 존재들이다. 말하자면 우리 삶에 본래적으로 부여된 명분이나 숭고한 목적 따위는 존재하지 않는 것이다. 내가 독서실에 앉아 입시공부를 하고 있는 것도, 틀린 문제들을 보며 좌절하고 머리를 쥐어뜯는 것도 어떻게 살다 보니 누군가(혹은 무언가)의 압박에 의해 기계적으로 반복하고 있는 행위였을 뿐이다. 학창시절의 입시공부가 우리 인생에 숙명적으로 부여된 명분이나 목적이라고 생각하지는 않는다. 아니, 그렇게 생각하는 사람은 아마 없을 것이다.

하지만 '입시공부는 우리 인생의 전부가 아니야!' 라고 생각하는 것만으로는 부족하다. 그것이 전부가 아니라면, 대체 나는 무엇을 위해 살고 싶은 것이며, 앞으로는 어떻게 살고 싶은 것일까. 소위 어른들의 말처럼, 입시가 끝나고 대학에 들어가게 되면 이러한 고민은 전부 사라지게 되는 것일까.

누군가 "대학생이 되면 모든 문제가 다 해결되는 것일까요?"라고 묻는다면 나는 결코 그렇지 않다고 감히 말하고 싶다. 살면서 부딪히게 되는 '왜' 라는 질문에 대해 누구도 답을 대신 내려주지 않는다. 결국 우리는 스스로의 삶에 대해 적극적으로 물음을 던져볼 필요가 있다. 나는 왜 공부를 하는가, 대학에서 내가 하고 싶은 일은 무엇인가. 꼬리에 꼬리를 무는 이 물음들은 "나는 어떻게 살아갈 것인가?"라는 또 다른 물음과 연관되어 있다.

그러나 이 물음에 대해 자기 나름의 답과 결단을 내리는 것은 쉽지 않은 일이다. 더군다나 입시라는 압박감에 시달리는 학창시절에 이처럼 심오한(?) 문제를 고민하는 것은 한낱 몽상에 가까운 일처럼 보이기도 한다. 하지만 얼핏 쓸데없는 생각처럼 보이는 이 고민이야말로 장기적으로 생각할 때 우리 삶을 풍부하게 하는 매우 유용하고도 의미 있는 행위라는 것을 감히 주장하고 싶다. 정상적이지만 동시에 심심했던 학창시절에 내가 읽었던 책 한 권이 그 담대한 주장의 근거이다.

무슨 일을 어떻게 하면서 살아갈까

20세기를 풍미한 프랑스의 실존주의 철학자, 그리고 실천하는 지식인의 대명사. 이것은 내가 이제부터 소개하고자 하는 책 『지식인을 위한 변명』의 저자 장 폴 사르트르를 수식하는 말이다. 이 책은 1965년 그가 일본을 방문했을 때 지식인이란 주제로 강연했던 내용을 담고 있다. 사르트르는 이 책에서 지식인의 사회적 위치와 기능,

역할에 대해 논하고 있다.

사르트르의 지식인론에 따르면, 지식인은 지배계급이 사회의 학문과 문화를 보존하기 위해 양성한 전문가 중, 자신과 지배계급의 이해만이 아닌 보편적인 인류의 이익을 위해 실천하는 사람이다. 먼저 (예비) 지식인은 자신을 둘러싼 세계를 탐구하면서 사회의 여러 모순을 자각하게 된다. 나아가 그러한 모순이 자신의 삶과 무관하지 않다는 것, 다른 모든 사람들이 자유로워질 때 자신도 자유로워질 수 있다는 것을 알게 된다.

단순히 이를 '아는 것'에 그치지 않고, 스스로 끊임없이 반성하며, 피지배계급의 편에 서서 그 모순을 제거하기 위해 노력하는 존재이다. 그리하여 사르트르의 지식인론은 학생을 비롯한 여러 예비 지식인들에게 단순히 지배계급의 이해를 대변하는 기능인에 머물지 않고, 인간의 보편적인 해방을 위해 사회 곳곳에서 치열하게 투쟁하고 실천하는 지식인이 되라는 주장으로 귀결된다.

사르트르의 『지식인을 위한 변명』을 읽으며 느꼈던 것은 끊임없는 자기 성찰과 결단의 중요성이다. 우리 자신이 왜 지금, 이곳에, 이런 모습으로 태어나 살아가고 있는지 그 누구도 명쾌한 답을 내릴 수 없다.

다만 우리 앞에 남아 있는 것은 지금의 여기 이 순간을 살아가고 있는 내가 발을 디디고 있는 기반이 어떠한 것인지에 대한 면밀한 탐구와, 이를 바탕으로 '나는 어떻게 살아가겠다'라는 담대한 결단의 문제이다. 다소 추상적으로 들리는 이 말을 학창시절이라는 구체적 상황에 대입해보자면 다음과 같이 이야기할 수 있겠다.

"지금 나는 입시공부를 왜, 무엇 때문에 하고 있는 것일까?", 그리고 "입시가 끝나면, 대학에 들어가면 나는 무슨 일을 어떻게 하면서 살아갈까?"

끊임없이 '왜'라는 질문을 던지기

다시 한 번 학창시절을 돌이켜보면 맞물린 톱니바퀴처럼 하루하루 반복되는 일상에서, 그 끝이 어딘지도 알 수 없는 무한경쟁의 한복판에서 느낀 것은 결국 단 한 가지였다. 나 자신을 잃어버리지 않기 위해 나는 어떻게든 발버둥쳐야 한다는 것. 스스로에게 끝없이 왜라는 질문을 던지지 않고, 어떻게 살 것인지 실천적으로 고민하지 않는다면 나는 그저 현실이라는 무거운 두 글자에 휘둘려 정상적이지만 심심한 하루를 꾸역꾸역 살아가게 될 것이라는 사실 말이다.

우리는 결단해야 한다. 『지식인을 위한 변명』은 우리가 살아가고 있는 결코 만만치 않은 현실 속에서, 내 삶의 끈을 놓치지 않으려면 무엇을 해야 할지에 대한 길을 조언하고 있다.

"기능인으로 살아갈 것인가, 지식인으로 살아갈 것인가."

1. 공부, 왜 해야 하지?

사르트르의 질문은 지극히 단조로웠던 학창시절에 파문을 일으켰고, 그로부터 이어진 풍요로운 고민들은 내 삶을 더욱 의미 있게 만들었다. 그리고 그 파문은 사라지지 않은 채 여전히 내 삶에 각인되어 있다. 이제는 여러분의 차례이다. 여러분은 어떠한 결단을 내리겠는가?

『지식인을 위한 변명』

1965년 9월과 10월에 도쿄와 교토에서 세 차례 행해진 장 폴 사르트르의 강연을 담은 책으로, 지식인의 올바른 판단력과 분별력이 무엇인지를 우리에게 명백히 보여주고 있다. 지식인은 지배계층의 이익보다 보편적 인류의 이익을 위해 실천하는 사람이며, 사회의 모순을 자각하는 것에서 그치지 않고 그 모순을 제거하기 위해 노력하고 투쟁하는 사람이라는 것이 사르트르의 주장이다.

인생을 멀리 보면
공부도 편안해진다

미치 앨봄 『모리와 함께한 화요일』

양현주(고려대학교 인문학부 1학년)

고등학교 3학년, 사람들은 흔히 이 시기를 인생에서 가장 중요한 시기라고 말한다. 고3을 어떻게 보내느냐에 따라 대학 입시라는 관문이 결정되기 때문이다. 한국의 교육은 입시의 노예가 되어 많은 부작용을 만들어내고 있다는 비판이 항상 따라다니지만 성적이 가져다주는 위력을 무시할 수는 없다.

이 시기에 성적이라는 객관적 지표에 좌절을 느끼고 극단적인 경우에는 죽음을 택하기도 한다. 나 역시도 특목고에 다니면서 극심한 스트레스를 받았던 사람 중의 하나이다. 원하는 목표보다 낮게

나온 성적표와, 간간이 들려오는 또래 학생들의 자살 소식은 나의 마음을 더 무겁게 하였다.

대학 입시의 강박관념에서 돌파구를 찾다

하지만 『모리와 함께한 화요일』이라는 책은 어려운 때에 나에게 용기와 희망을 선물해주었다. 이 책의 주인공인 모리 슈워츠는 사회학과 교수이며 죽음을 앞둔 환자이다. 그가 앓는 루게릭병은 사지를 쓰지 못하다가 마지막에는 숨 쉬는 것조차 힘들어지는 희귀병이다. 시한부 인생을 사는 그는 삶과 죽음의 의미를 온몸으로 가르쳐준다. 시시각각 다가오는 죽음의 공포에 굴하지 않고 마지막 숨을 모아 우리에게 "어떻게 죽어야 할지를 알면 어떻게 살아야 할지를 알 수 있다"는 삶의 지혜를 전해준다. 이 책은 그의 제자 미치가 스승이 세상을 떠나기 전 서너 달 동안 매주 화요일에 만나 인생을 주제로 가진 수업 내용을 적은 것이다.

그는 다양한 주제를 가지고 제자에게 이야기해준다. 세상, 자기 연민, 후회, 죽음, 가족, 감정, 나이 드는 두려움에 대해 7주에 걸쳐 가르친다. 그리고 후반부에서는 돈, 사랑의 지속, 결혼, 문화, 용서, 완벽한 하루 등을 화두로 던지며 인생의 모범답안을 제시해준다.

이 강의를 통해 저자는 삶에서 진정으로 중요한 것이 무엇인지를 깨닫게 된다. 세상이 중요하다고 외쳐대는 돈과 권력, 명예는 사소하고 무의미한 것이라는 메시지를 얻는다. 대신에 타인을 이해하고 동정하며 공동체를 사랑하는 마음을 깨닫게 된다. 죽음을 눈앞에 둔 노교수가 제자에게 전하고 싶었던 핵심은 자신의 존재의 의미와 삶의 목적을 깨닫고 더불어 살아가는 사랑의 마음을 가져야 한다는 것이다.

내가 이 책을 다시 읽은 것은 고등학교 2학년 겨울방학 때이다. 한창 급변하는 입시 문제로 갈 길을 모르고 스트레스를 받던 즈음, 중학교 3학년 때 읽었던 이 책을 다시 읽게 되었다. 중학교 3학년 때도 나는 입시 문제로 많은 고민을 하고 있었다. 당시 특목고에 진학하려고 했고, 열여섯 살이라는 어린 나이에 입시에 대한 스트레스를 처음으로 받았다. 하지만 학원 선생님의 추천으로 이 책을 읽게 되었고, 나는 마음의 감동과 위안을 받아 원하는 특목고에 합격할 수 있었다.

내가 고3을 눈앞에 두고 이 책을 책꽂이에서 다시 뽑아든 이유는 대학 입시가 주는 강박관념에서 돌파구를 찾고 싶어서였다. 중학교 때 나에게 용기를 주었던 책이기에 고향을 찾는 마음으로 책을 대할 수 있었다. 그때는 새로운 입시제도가 시행되는 첫해라 학교에서도 방향을 잡지 못해 우왕좌왕하고 있었고, 그것은 더욱 큰 스트레스로 나에게 다가왔다.

처음에는 수능등급제가 나와서 학생들의 마음을 혼란스럽게 만

모리가 마지막까지 좌절하지 않고 행복하게 생을 마감할 수 있었던 원동력은 무엇이었을까? 아마도 그 이유는 모리가 자신의 삶의 목적을 물질적인 데에 두지 않았기 때문일 것이다.

만약 그의 삶의 목적이 돈, 명예 등과 같은 객관적 지표였다면, 루게릭병으로 이런 것이 모두 무너졌을 때 그는 회복할 수 없을 정도로 절망하였을 것이 자명하다.

들었다. 내신 성적이 불리한 나에게는 큰 부담이 아닐 수 없었다. 또 얼마 지나니 논술이 당락을 결정할 거라며 논술을 준비해야 한다고 했다. 상위권에 확실하게 드는 사람이야 걱정이 적겠지만 특목고에 다니는 나는 정말로 하루에도 몇 번씩 천당과 지옥을 왔다 갔다 하는 상황이 계속되었다.

'내가 정말 원하는 대학에 갈 수 있을까?' 이런 두려움과 불안감이 밀려올 때는 참 힘들었다. 남들이 열심히 공부하는데 괜히 나만 고민한다고 생각할 때는 두려운 마음이 더욱 커지기까지 했다. 이런 때 절망 속에서도 희망을 던져주는 모리 교수의 모습은 나에게 용기를 주었다.

공부해서 남 주나? 남 준다

나는 이 책을 읽으며 편안함과 여유를 갖게 되었다. 이 책은 내가 잊고 살았던 것을 알게 해주었다. 죽음 앞에서도 초연하고 자신의 인생계획을 담담히 실현하는 모리는 바로 앞의 입시만 쳐다보고 고민하는 나에게 큰 깨달음을 주었다.

많은 고등학생들은 널리 바라보지 않고 눈앞에 있는 입시에만 전전긍긍한다. 하지만 대학에 입학한다고 해서 모든 인생의 문제가 해결되는 것은 아니다. 별다른 목적 없이 대학에 합격했을 때 혼란은 매우 크다. 또한 입시가 인생의 전부는 아니다. 학생들이 공부의 목적을 입시에만 두기 때문에 성적 비관으로 인한 자살 같은 극단적인 형태의 해결방법이 나오는 것이다.

『모리와 함께한 화요일』을 보면서 나는 인생을 좀 더 멀리 봐야겠다고 생각했다. 그래서 불안한 상황 속에서도 편안하게 공부할 수 있게 되었다. 모리가 마지막까지 좌절하지 않고 행복하게 생을 마감할 수 있었던 원동력은 무엇이었을까? 아마도 그 이유는 모리가 자신의 삶의 목적을 물질적인 데에 두지 않았기 때문일 것이다. 만약 그의 삶의 목적이 돈, 명예 등과 같은 객관적 지표였다면, 루게릭병으로 이런 것이 모두 무너졌을 때 그는 회복할 수 없을 정도로 절망하였을 것이 자명하다. 그는 인생의 목적을 진정한 가치에 두었기 때문에 어떠한 문제에 맞닥뜨려도 강하게 맞설 수 있었다.

또한 죽어가는 모리와 함께하면서 그의 인생을 기록으로 남긴 미치 앨봄에 대해서도 깊은 감명을 받았다. 만약 저자가 물질적 가치를 좇았다면 모리가 사람들의 기억에 남는 것은 불가능했을 것이다. 저자는 죽어가는 모리 선생님의 말씀을 글로 남기고 모리의 인생철학과 고귀한 삶의 자세를 세상에 알리기 위해 그의 말을 경청하였다.

이 두 사람 모두 자기 자신만을 위해서 살지 않았다. 많은 사람들은 남을 위해 희생하지 않고 자신만을 위해 살아가려는 경향이 있다. '공부해서 남 주나?' 라는 말이 있다. 그런데 이 말은 '공부해서 남 주자'라는 말로도 바뀌어서 쓰인다.

　개인의 이익만을 위해서 하는 행동은 진정한 보람을 가져다주지 않는다. 과연 얼마나 많은 학생들이 공부하면서 보람을 느끼는가? 나 역시도 공부를 하면서 보람을 느껴본 적이 많지 않다. 하지만 대학에 합격했을 때 그 보람을 한꺼번에 선물로 받을 수 있었다. 대학에 가면 자기가 원하는 것, 하고 싶은 것을 공부할 수 있기에 더욱 그런 느낌이 든다.

『모리와 함께한 화요일』

인간의 삶과 죽음을 긍정적으로 조명한 맑고 따스한 책으로, 죽음은 과연 무엇인지를 생각하게 하는 내용이다. 모리 슈워츠 교수는 루게릭병에 걸리기 전까지 브랜다이스대학에서 평생 학생들을 가르쳤다. 죽음을 앞둔 그가 제자인 미치 앨봄에게 해주는 이야기는 인간에게 있어서 죽음의 필요성 그리고 죽음을 받아들이는 바른 태도에 대한 것이다. 미치 앨봄은 이 책을 통해 삶과 사랑의 진정한 의미와 가치 등에 대한 지혜를 전해주고 있다.

끝나지 않은 꿈, 헬레니식 인권수호를 향하여
헬레나 노르베리 호지 「오래된 미래」

제 꿈이 뭐냐구요? 국민을 생각하는 대통령이요
데이비드 허버트 도널드 「링컨」

꿈을 위한 첫걸음, 밑바탕이 되는 학문을 하라
진중권 「미학 오디세이」

누구나 한 가지 이상의 재능을 가지고 태어난다
데이비드 오길비 「광고 불변의 법칙」

꿈의 방향에 자신이 없다면 선배의 길을 따라가보라
한학수 「여러분, 이 뉴스를 어떻게 전해 드려야 할까요?」

랠프와 사이먼 사이에서 인생의 길을 발견하다
윌리엄 골딩 「파리대왕」

활자들이 톡톡 튀어올라 인생의 어디쯤 있는지 알려줄 때
조정래 「태백산맥」

「퇴마록」이 있었기에 나의 '말세'는 오지 않았다
이우혁 「퇴마록」

열정을 깨우는 그때, 인생의 성공으로 돌아서는 터닝포인트
존 템플턴 「열정」

내 꿈의

나침반

내 꿈의 나침반

끝나지 않은 꿈,
헬레나식 인권수호를 향하여
헬레나 노르베리 호지 『오래된 미래』

정희창(서울대학교 외교학과 3학년)

오리무중 속에서 만난 『오래된 미래』

고등학교라는 울타리 속에서 소극적 반항과 맹목적인 학습을 번갈아 하던 한 소년은 콧노래를 부르며 집으로 향하고 있었다. 그의 손에는 너덜너덜한 하얀 책이 꼬옥 붙들려 있었고, 얼굴에는 가벼운 미소가 흐르고 있었다. 무슨 좋은 일이라도 있는 것일까. 책표지의 할머니와 아이의 웃음은 닮아 있었다.

_____ 한 소년이 느낀 『오래된 미래』에 대한 감상문 중에서

나는 처음『오래된 미래』를 접했을 때의 내 모습을 생생하게 기억하고 있다. 고등학생의 입장에서 흔히 대학생이 된다고 하면 자유분방한 모습을 떠올리는데 반해, 고등학교의 한가운데에 있던 나는 그보다 더 큰 자유를 누리기 위해 앞으로 어떤 일을 하면서 살아갈지 한창 고민하고 있었다.

나는 더 이상 막연한 꿈만으로 정해진 생활에 적응하는 고1도 아니었고, 당장 대학 진학의 걱정에 끊임없이 갈등을 거듭하는 고3도 아니었다. 대학교에 지원서를 넣기 직전까지 어느 학과로 갈지 우왕좌왕하다가는 합격해도 불만, 불합격해도 불만이기 때문에 나는 결단을 내려야 한다고 생각했고, 그러던 중 논술 추천도서로 지목되는『오래된 미래』와 만나게 되었다.

라다크적 풍요로움 속에서 발견한 헬레나

『오래된 미래』에 등장하는 사람들은 내 모습과는 판이하게 달랐다. 인도 카슈미르 동부의 작은 지역 라다크. 이곳의 삶은 정신적, 사회적, 경제적으로 풍요롭다. 라다크 노인들의 얼굴에는 항상 건강과 행복이 함께하고, 라다크에서 자연과 사람은 더불어 살고 있었다. 그리고 모든 사람이 우리만큼 행복하지 않느냐고 질문할 정도로 라다크인들은 평화와 만족에 도취되어 있었다. 하지만

1970~80년대에 서구 근대화의 물결이 라다크에도 들어오기 시작했다. 150여 년 전의 서구국가들에서처럼 젊은 세대들은 수도 레로 이주하였고, 수도를 제외한 나머지 라다크 지역은 이전보다 더 조용해졌다.

이때 스웨덴의 여성학자 헬레나 노르베리 호지는 서구 근대에 대한 무조건적 맹신을 경계하고, 라다크의 근본적 '풍요로움'을 배워야 한다고 주장했다. 그녀와 뜻을 같이하는 사람들은 라다크 주민들과 함께 1980년대에 '라다크 프로젝트'를 실시하여 라다크식 풍요로움과 서구식 풍요로움의 조화를 만들어나가고 있다.

나는 두 가지 풍요로움 간의 화해 과정을 지켜보며 처음에는 전근대적 생활에 대한 향수에 흠뻑 젖어 있었다. 나도 모르게 라다크 같은 곳에서 한번 살아봤으면 좋겠다는 작은 염원을 스스로에게 외치고 있었던 것이다.

하지만 책이라는 지혜의 보고에서 느끼는 진정한 감동은 도를 깨우치듯 갑작스레, 그리고 쉽사리 찾아오지 않는다. 처음에 느꼈던 전근대에 대한 향수는 점차 우리도 라다크처럼 행복해질 수 있는지에 대한 물음으로 이어졌고, 읽은 지 5~6일이 지나서는 라다크의 행복을 제자리에 돌려놓으려는 헬레나 노르베리 호지의 힘찬 모습과 인권에 대한 사랑이 머릿속에서 떠나지 않았다.

진로 결정에 앞서 확실한 원칙을

『오래된 미래』에서는 트롱브 벽과 태양열 난방 시스템, 생태적 발전 센터 건립 등 헬레나의 다양한 친환경적 사업이 소개된다. 이에 따라 수많은 독자들은 헬레나가 곧 여성 환경운동가라는 생각을 무의식적으로 받아들이기도 할 것이다. 하지만 나에게 헬레나는 인권 수호자의 모습으로 다가왔다.

라다크인들은 라다크의 풍요로운 환경 안에서 행복하게 미소 짓고, 평화롭게 살아가고 있다. 이처럼 돈 주고도 바꿀 수 없는 행복한 삶은 라다크식 환경이 긍정적으로 평가되는 가장 중요한 기준이다. 즉, 그녀가 라다크식 환경을 복원하려는 노력은 궁극적으로 라다크 사람들의 행복권을 보장하기 위함이고, 나아가 『오래된 미래』를 전 세계에 배포하는 것도 결국에는 전 인류의 행복권을 지키기 위함이다.

그 과정에서 헬레나는 자신을 극복하는 극기(克己)의 자세를 두 가지 차원에서 보여주고 있다. 첫째, 그녀는 다음 내용과 같이 서구 중심적 사고로부터 탈피하고 있다.

대부분의 서구인들은 우리가 공동체 감각을 잃어버렸다는 데 동의할 것이다. 우리의 삶은 단편화되었고, 하루 동안 접촉하는 수많은 사람들이 있음에도 불구하고 우리는 슬프게도 혼자라고 느끼며, 흔히 우리의 이웃

『오래된 미래』라는 우연한 '기회'를 통해 인권보장이 인간의 정치, 경제, 문화 등 총체적인 삶에 있어 근본이라는 점을 깨달을 수 있었다. 이처럼 내 인생을 결정할 기회

는 우연히 찾아올 것이기에 진로를 빨리 정하려는 마음만 앞섰던 나의 성급함을 반성하고, 진로 결정에 앞서 내 삶의 '원칙'을 확실히 정해놓겠다고 다짐하였다.

조차 모른다. 라다크 사람들은 정신적, 사회적 , 경제적으로 상호의존적
인 공동체의 일부이다.

____ 에필로그 중에서

　최근 월드비전의 긴급구호 팀장이자 국제인권운동가인 한비야는
저자로 엄청난 인기를 누리고 있다. 한비야는 대체적으로 자신의
직업에 맞게 제3세계의 '가난'이라는 부정적 측면, 그리고 이에 대
한 해결에 초점을 두고 있다.

　반면에 헬레나는 오히려 제3세계의 '풍요로움'이라는 긍정적 측
면을 부각시키고, 이로써 서구 근대화의 폐해를 방지하려 한다. 라
다크인과 세계인의 인권을 라다크식 모델로 보호하려는 과정에서
헬레나는 단순히 우리보다 못사는, 불쌍한 사람들을 도와주자는 전
형적인 시각에 안주하지 않는다.

　오히려 헬레나는 라다크로부터 배울 점이 있다고 주장하며 라다
크의 고유한 가치를 존중하기도 한다. 헬레나는 그들에 대한 헌신
에 있어 주는 자와 받는 자의 불균형적 관계가 아니라 상대방으로
부터 서로의 것을 배우는 균형적 관계를 상정하고 있다. 이러한 점
에서 헬레나는 인권수호에 있어 탈서구적인 넓은 시야를 가진 인물
이라 할 수 있다.

　둘째, 그녀는 진정한 인권수호를 위해 자신의 기득권을 버려야만
했다. 헬레나는 원래부터 유럽 여러 나라와 미국에서 교육 및 연구

생활을 했고, 런던대학교 동양언어학과의 학위논문을 준비하기 위해 1975년에 라다크로 떠났다. 처음 접한 라다크의 모습은 충격 그 이상이었다. 겉으로는 황량해 보이고, 살기 힘들 것 같은 자연적 조건에서 물질적, 정신적으로 평화를 누리는 사람들의 모습은 헬레나로 하여금 서구 중심적 시각을 버리게 만들었다.

그러나 그녀는 기존의 편견만을 버리는 데 그치지 않았다. 자신이 평생 동안 연구해온 언어학, 유럽과 미국에서 구축해놓은 자신의 기반도 모두 버린 채 그녀는 잠시만 머물고 가려던 라다크를 16년간 생활하며 또 다른 고향으로 만들었다.

한편 그녀는 정말 우연한 기회를 통해 저명한 인권수호자로 거듭나게 되었고, 덕분에 그녀의 업적은 『오래된 미래』를 통해 전 세계에 알려지고 있다. 한편 그녀의 영향을 받은 나도 『오래된 미래』라는 우연한 '기회'를 통해 인권보장이 인간의 정치, 경제, 문화 등 총체적인 삶에 있어 근본이라는 점을 깨달을 수 있었다. 이처럼 내 인생을 결정할 기회는 우연히 찾아올 것이기에 진로를 빨리 정하려는 마음만 앞섰던 나의 성급함을 반성하고, 진로 결정에 앞서 내 삶의 '원칙'을 확실히 정해놓겠다고 다짐하였다. 그 원칙은 바로 국제인권에 관심을 갖되 헬레나처럼 탈서구적 시각을 통해 균형적 시각을 가진다는 것이었다.

헬레나를 모델로 인권에 관심을 가지게 된 나는 늦바람이 불었는지 그해 여름방학부터 중증장애인 요양시설인 엘리엘동산에서 첫 봉사활동을 시작하였다. 헬레나가 보여준 인권에 대한 사랑과 균형적 시각 때문일까. 고3 때까지 300여 시간의 봉사를 통해 장애인과의 소통을 하나의 일상처럼 받아들이고, 이로부터 행복감을 얻게 되었다. 그리고 이를 잊지 못하여 대학에 와서도 봉사동아리 '손말사랑'을 통해, 그리고 관악장애인자립생활센터를 통해 인권에 대한 자의식의 끈을 놓지 않고 있다.

최근에 고민이 생겼다. 대학생활의 후반기에 들어서면서 슬슬 사회로 나아갈 준비에 바빠지고 있다. 그런데 사회에 나가서도 시간적으로 개인적인 봉사활동을 많이 할 수 있을지에 대해 확신이 들지 않는다.

우리는 우리 자신과 지구 사이에 본래부터 존재해온 오래된 유대관계로 되돌아가고 있는 것이다.

_____ 에필로그 중에서

이처럼 헬레나는 항상 지구적 차원에서 넓게 세상을 바라보고 있다. 나름대로 '넓은' 전공인 외교를 선택한 나로서는 참 눈길이 가는 부분이다.

 그래서인지 내가 사회에 나가서 스스로 무언가를 이룰 수 있는 힘을 얻게 된다면, 그때에는 나 혼자가 아니라 다른 사람들로 하여금 함께 인권에 대한 문제의식을 공유하고, 헬레나식의 인권수호를 실천하도록 동참시키고 싶다. 마치 헬레나가 라다크 사람들, 서구인들을 모두 아우르며 '라다크 프로젝트'를 성공적으로 이끌었던 것처럼 나도 『오래된 미래』를 실제로 만들어내기 위해서 인권 분야 국제기구에서 일하고자 하는 희망을 품고 있다. 나, 나의 라이벌이자 모범인 헬레나, 그리고 모든 인류를 위해서 말이다.

『오래된 미래』

서부 히말라야 고원의 황량하지만 아름다운 고장 라다크는 빈약한 자원과 혹심한 기후에도 불구하고 검소한 생활과 협동, 그리고 무엇보다 깊은 생태적 지혜를 통하여 천년 넘게 평화롭고 건강한 공동체를 유지해왔다. 헬레나 노르베리 호지는 물질적으로 풍족하지는 않지만 아무도 가난하다고 느끼지 않고, 긴밀한 가족적 공동체적 삶 속에서 사람들이 정서적, 심리적으로 안정을 누리며, 여성들과 아이들과 노인들이 존경받는 라다크 사회를 통해 인류 미래의 희망을 보여주고 있다.

제 꿈이 뭐냐구요?
국민을 생각하는 대통령이요

데이비드 허버트 도날드 『링컨』

한성민(서울대학교 법학과 1학년)

지금 당장 누군가 나에게 꿈이 무엇이냐고 묻는다면, 나는 주저 없이 "대통령이 되겠다"라고 대답할 것이다. 한치의 흔들림도 없이 확고하게 말할 수 있다. 그렇지만 많은 사람들이 그렇듯 지금처럼 명확한 꿈을 가슴에 품게 되기까지 많은 방황이 있었다. 그 방황의 어둠 속에서 한 줄기 빛이 되어준 사람, 나에게 정치가라는 꿈을 심어준 사람은 바로 미국의 16대 대통령 아브라함 링컨이었다.

내 어릴 적 장래 희망, 그러니까 학교에서 적어내라는 서류에 적어냈던 나의 꿈은 '검사'였다. 딱히 검사가 되고 싶었던 것은 아니다. 그저 집에서 원하기도 했고, 높은 성적을 받고 있었기 때문이었다. 그렇게 초등학교, 중학교 시절 나의 꿈은 검사였다. 중3 때, 〈공공의 적 2〉라는 영화를 보고 잠시나마 진심으로 검사가 되고 싶었던 적도 있었지만, 그때를 제외한다면 검사라는 나의 꿈은 그저 성적에 맞춘 것일 뿐이었다.

만족스러운 성적표, 그러나 방황의 시작

명확한 동기도, 꿈도 없이 고등학교에 진학하게 되었고, 닥친 입시 앞에서 '도대체 나는 무엇을 해야 할까? 무엇을 하고 싶은 것일까?'라는 질문은 내겐 사치였다. '우선 점수를 올리자! 그러면 내꿈이 뭐든지 간에 원하는 학과에 갈 수 있겠지……'라는 생각으로 1년을 보낸 뒤, 나는 나름 만족스러운 성적표를 손에 쥘 수 있었다. 그러나 장기적인 꿈 없이 높은 성적이라는 단기적인 목표를 성취하자, 위기가 찾아왔다. 방황이 시작된 것이었다. 야간 자율학습 시간에 책상 위의 책은 그저 장식용이었고, 내 머릿속은 온통 내가 진정하고 싶은 것은 무엇인지에 대한 물음표로 가득했다.

의문에 가득 찬 그 1년간, 나는 흔히들 생각하는 기업가, 법조인부터 시작해서 약간은 생뚱맞은 NGO 활동가, 그리고 스님을 꿈꾸었다. 그러나 지금 돌이켜보면, 나는 그것들을 '꿈꾸었던' 것이 아니라 '꿈꾸고자 했던' 것이었다. 내 자신을 조금이라도 불안감에서 –삶의 목표가 없는 그 숨 막히는 불안감– 벗어나게끔 하려 했던 자기 위안일 뿐이었다. 그 혼란에 종지부를 찍은 책, 그 책이 바로 『링컨』이었다.

이 책을 접하기 전에 내가 링컨을 몰랐던 것은 아니다. 초등학교 시절 읽은 위인전을 통해서 링컨은 어려운 가정환경 속에서도 정직하고 올바르게 자라 대통령이 되고 노예해방을 이룩했으며 남북전쟁을 승리로 이끌었다는 사실 정도는 알고 있었다. 그러나 위인의 삶을 단순한 역사적 사실 몇 개를 통해서 아는 것과 그 사람의 생애 전반을 걸쳐 아는 것은 천양지차라는 것을 『링컨』을 읽으면서 깨달았다. 우리말 중에 '감명받다'라는 표현이야말로, 내가 이 책을 읽은 후의 느낌을 제대로 전달하는 것 같다. 그만큼 링컨은 나를 크게 감화시켰다.

세상의 변화를 주도한 링컨을 닮고 싶다

사실 1년간 진로에 대한 고민을 하면서, 대통령을 생각해본 적이 없던 것은 아니지만, 링컨이 대통령으로서 살아가는 모습은 나에게 강한 인상을 주었다. 특히, 링컨이 대통령으로서 내린 결정과 판단 하나하나가 미국 전역에 있는 사람들의 삶에 얼마나 큰 영향을 끼

쳤을지를 곰곰이 생각하자, 올바른 대통령 한 명이 정말 큰 변화를 이끌어낼 수 있다는 것을 깨달았다. 세상의 변화를 주도할 수 있다는 점, 그 점이 책을 읽을 당시도, 그리고 지금도 내가 생각하는 정치의 가장 큰 매력이다.

물론 변화를 이끌 수 있는 사람이 반드시 대통령인 것만은 아니다. 그러나 대통령으로서 만들어낼 수 있는 변화는 그 범위와 정도에서 다른 위치에 섰을 때의 변화보다 광범위하고 강력하다고 생각한다. 북부의 승리로 끝난 남북전쟁. 링컨만 한 지도력과 통합력을 갖추지 못한 지도자가 그 위치에 서 있었다면, 역사는 지금 어떻게 바뀌었을까. 혹은 링컨이 면방직 공장의 사장으로서 노예해방을 주도했다면 과연 성공했을까. 사회 전반에 걸친 이해관계를 현실에 기반을 두면서도 미래를 내다보며 조정하는 것이 바로 정치임을 나는 링컨을 보면서 느낄 수 있었고, 그래서 정치에 입문하고 싶었다.

한편, 『링컨』을 읽고 내가 대통령을 꿈꾸게 된 또 하나의 이유가 있다. 어릴 적부터 언론을 통해 접해온 기성 정치인들을 보며 나는 '정치인들은 국민들을 생각하기는 할까' 하는 생각을 했고, 정치에 대한 일종의 혐오를 품고 살았다. 그런데 링컨은 내가 정치에 대해 갖고 있던 그 혐오를 깨뜨려주었다. "국민의 일부를 처음부터 마지막까지 속일 수는 있다. 또한 국민의 전부를 일시적으로 속이는 것도 가능하다. 그러나 국민 전부를 끝까지 속이는 것은 불가능하다"라는 링컨의 말은 나로 하여금 정치란 무엇인지를 다시 생각하게끔

하고, 정치에 흥미를 갖게끔 도와주었다.

대통령의 길이 쉽지 않음은 안다. 많은 시련과 고난이 있으리라 생각한다. 그렇지만 난 불안하지도, 겁이 나지도 않는다. 왜냐하면, 내가 하고 싶은 일을 찾았기 때문이다. 대통령이 되어서, '보다 많은 사람이 보다 인간답게 살 수 있는' 세상을 만들겠다고 다짐했기 때문이다. 이렇듯 불안과 혼란 속에서 지금과 같은 굳건한 의지의 세계로 나를 인도해준 『링컨』은 내게 새로운 삶을 살게 해준 것이나 마찬가지다. 정치가가 되고 싶거나, 사회변화를 꿈꾸는 사람이라면 혹은 나처럼 자신의 꿈을 못 찾아 헤매는 사람이라면 한 번쯤 시간을 내서 읽어보기 바란다.

『링컨』

링컨 연구의 권위자 데이비드 허버트 도날드 교수는 지금까지 알려져 있던 링컨과는 다른 링컨의 모습을 이 책에서 보여준다. 그는 자의적인 해석을 배제하고 방대한 분량의 문서들을 참조, 인용하여 뛰어난 문장력과 날카로운 심리학적 분석으로 링컨 연구자로서의 연구 결과를 정확하게 전달하고 있다. 또한 링컨이 정직한 도덕가였으며, 시대의 고난을 헤쳐나간 신념의 지도자였다고 결론을 내린다. 링컨의 감춰진 모습을 새롭게 발견할 수 있는 책이다.

17살, 나를 바꾼 한 권의 책

꿈을 위한 첫걸음,
밑바탕이 되는 학문을 하라
진중권 『미학 오디세이』

이준형(고려대학교 철학과 2학년)

인생이란? 인간 존재의 의미는? 과연 신은 존재할까요? 뜬금없이 무슨 소리냐고? 이제부터 왜 이런 소리를 하고 있는지 얘기하려고 한다.

나는 항상 'PD'나 '기자' 같은 언론인을 꿈꾸는 학생이었다. 초등학교 시절에는 기자가 되고 싶다는 생각에 동아일보 소년 기자단에 들어가 활동했고, 중·고등학교를 다닐 때에는 PD가 되겠다는 생각으로 연극부에 들어가 연출을 배우거나 다큐멘터리를 찍겠다고 매일 캠코더를 들고 다녔다. 물론 당연히 대학에 들어갈 때쯤이면 신문방송학과나 언론정보학부 같은 언론과 관계된 과에 들어가게 될 줄 알았고 말이다. 부모님 덕택에 어릴 때부터 전국의 미술관과 박물관을 돌아다닌 탓인지 정치부보다는 문화부를, 다큐멘터리보다는 드라마나 예능계에서 일하고 싶다는 생각이 더욱 강했다. 꿈도 정해져 있고, 그 안에서 하고 싶은 일까지! 거의 '자만'에 가까운 자신감을 가진 나였다.

새로운 것은 아무것도 없다

그러나 고3에 올라가서 성적은 생각보다 좋지 않았다. 3월에서 6월이 지나고 9월이 되면서 학원에 재수생과 삼수생들이 들어오면서 성적은 점점 떨어지기 시작했고, 가고 싶은 대학의 신문방송학과는 점점 멀게만 느껴졌다. 부모님은 학교를 낮춰서라도 네가 가고 싶은 과에 가라는 권유를 하였지만, 소위 명문대라는 곳에 가고 싶었던 나는 다른 해결책을 찾아야 했다.

일 분 일 초가 급했던 나는 고등학교 때 준비했던 영상 다큐멘터리의 기획서와 서울청소년연극제에 나갔을 때의 자료들, 당시에 연극에 대해 공부했던 자료 등을 들고 친구의 부모님이자 서울의 한 대학에서 인문학 강의를 하시는 교수님을 찾아갔다. 흔쾌히 도움을 주겠다고 약속한 교수님께서는 며칠 후 나를 불렀다. 그러고는 앞으로의 직업에 대한 실용적인 내용은 대학을 졸업하고 공부해도 늦지 않으니 그 밑바탕이 되는 학문을 하는 것이 좋을 것 같다고 하면서 철학과에 들어가 '미학'이란 학문을 해보는 것이 어떻겠냐고 물었다. 그리고 몇 권의 책을 추천했다. 『미학 오디세이』라는 책은 그때 읽었던 책이고, 나의 진로 결정에 가장 큰 도움을 주었다고 해도 과언이 아니다.

본격적인 책 소개를 하기 전에 '티파니'라는 미국 보석상 디자이너의 글을 인용하려고 한다.

나에게 새로운 것은 아무것도 없다. 훌륭한 선과 훌륭한 형태는 영원하다.

_____ 엘사 퍼레티

이 디자이너의 견해를 미학의 시초를 마련했다고 할 수 있는 '플라톤'과 '아리스토텔레스'가 보았다면 무엇이라고 했을까? 아마 이 둘은 정반대의 견해를 가졌을 것이다. 먼저 플라톤은 이렇게 말했을 것이다.

"역시 훌륭한 디자이너는 달라도 뭐가 다르군! 세상은 새로울 것이라곤 없고 아름다움이라는 것 또한 '이데아(플라톤이 생각한 이상 세계)'의 모방일 뿐이라네. 미의 기준 또한 마찬가지지. 미켈란젤로만 봐도 그렇지 않은가? 그 또한 돌 속에 내면적 형상이 들어 있다

2. 내 꿈의 나침반

『미학 오디세이』는 철학을 전공하고 싶거나 미술을 전공하고 싶은
학생, 미학에 관심이 많은 학생들에게만 해당되는 책이 아니다.
미술이나 예술에 대해 좀 더 가까이 접근하고 싶
은 학생, 좋은 그림들을 책으로 미리 훑어보고
싶은 학생들이라면 가벼운 마음으로 이 책을 읽
어보길 권한다.

고 믿고 이를 그대로 꺼내려는데 주력했다네."

아마 이런 스승의 말을 듣고 아리스토텔레스는 이렇게 반문했을 것이다.

"과연 이 여자가 하는 말이 그런 뜻일까요? 제가 보기엔 이 여자의 훌륭한 선과 훌륭한 형태는 결국 왜곡을 통한 아름다움입니다. 티파니에서 나온 '티어드롭'이란 목걸이를 보세요. 어떤 눈물이 그런 모양이 된답니까? 하지만 사람들은 목걸이를 보고 슬픔, 이별, 순수한 사랑과 같은 감정을 느낀다구요. 결국 그녀를 비롯한 티파니의 디자이너들은 왜곡을 통한 진실로의 접근방법을 택한 겁니다. 스승님께서 말씀하신 것처럼 이데아를 모방하느니 어쩌느니 하는 것이 아름다움으로의 접근방법은 아니라는 겁니다."

시대의 흐름을 따라가는 아름다움에 대한 이야기

스승과 제자 관계였던 플라톤과 아리스토텔레스의 미적 개념이 달랐던 것처럼 세기나 인물, 사상에 따라서 '아름다움'에 대한 의미와 그 기준은 달랐고 이를 어떻게 설명하느냐에 따라 그 시대의 가치관과 미적 기준은 차이를 보일 수밖에 없었다. 『미학 오디세이』는 이러한 생각과 미술사의 흐름을 고대부터 거슬러 올라가며 '아름다움'에 대해 이야기한다.

『미학 오디세이』는 크게 세 가지 형식으로 이루어져 있다. 먼저 저자는 마치 블로그에 올라온 구어체 형식의 가벼운 글처럼 시대별 흐름에 따라 미학에 대해서 이야기하고, 앞에서 소개한 이야기처럼 플라톤과 아리스토텔레스를 주된 인물로 등장시켜 우리가 어려워할 만한 부분을 다시 대화를 통해 이야기해 준다. 그리고 1, 2, 3권 각각에서 에셔와 마그리트, 피라네시 등의 예술가가 등장해 '미학과 상상'에 대해서 다시 한 번 생각해볼 수 있는 장을 열어준다.

『미학 오디세이』는 철학을 전공하고 싶거나 미술을 전공하고 싶은 학생, 미학에 관심이 많은 학생들에게만 해당되는 책이 아니다. 미술이나 예술에 대해 좀 더 가까이 접근하고 싶은 학생, 좋은 그림들을 책으로 미리 훑어보고 싶은 학생들이라면 가벼운 마음으로 이 책을 읽어보길 권한다.

『미학 오디세이』

저자인 진중권은 일반인에게 생소했던 미학이라는 분야를 각종 도판을 활용해 쉽고 재미있게 풀어 썼다. 미학에 관한 대표적인 대중 교양서로 자리잡은 이 책은 전 3권으로 완결되었다. 근대 미학을 다룬 1, 2권과 달리 3권은 이탈리아의 건축가이자 판화가였던 피라네시의 작품을 중심으로 탈근대 미학의 세계를 보여준다.

누구나 한 가지 이상의 재능을
가지고 태어난다

데이비드 오길비 『광고 불변의 법칙』

박혜현(School of Visual Arts, Advertising
2008년 가을 학기 신입생)

　　정확히 17시간 후면 나는 뉴욕행 비행기에 오르게 된다. 뉴욕행
비행기까지 나를 이끌어준 데이비드 오길비 할아버지께 감사의 말
씀을 전하고 싶다.

　　카피라이터가 되고 싶은데 수학과 과학이 좋아서. 요즘 이공계가
뜨고 있으니까 이과로 가는 것이 취직도 잘 될거라고 생각하며 내렸
던 결정, 이 결정이 나중에 나에게 인생의 큰 전환점을 가져왔다. 나
는 고1 때 아이디어를 내는 직업을 가진 사람, 즉 카피라이터가 되
고 싶었다. 하지만 아직 확실하게 진로를 결정하기에는 경험이 많

이 부족한 나이, 고2 때 나는 대세의 흐름을 따라 이과의 길을 선택했다. 그 흐름을 따라가다 보면 그곳에 휩쓸려 자신의 색깔을 잃어버린다는 사실을 망각한 채 말이다.

오길비가 나를 뉴욕으로 불렀다

수학과 과학을 좋아했던 나는 남 못지않게 열심히 공부를 했지만 나를 치고 올라오는 친구들은 너무 많았다. 그 친구들은 두 과목을 좋아하고 잘할 뿐 아니라 재능까지 있는 아이들이었다. 두 과목을 좋아하기만 했던 나는 재능까지 겸비한 그 친구들을 이길 수 없었다. 그렇게 성적은 나를 실망시켰고, 흥미마저 잃어버리기까지는 그다지 오랜 시간이 걸리지 않았다. 이 일은 내가 무엇을 잘못 선택했는지를 심각하게 돌아보게 하였다. 그리고 내가 어떤 경로로 어떤 길을 걸어왔는지 조금씩 돌아보는 기회를 주었다.(모든 사람은 바닥을 칠 때가 되어야 비로소 뒤를 돌아보는, 어떻게 보면 무감각한 존재라는 사실 또한 깨달았다.)

뒤를 돌아봤을 때, 주위 것들이 아닌 내 자신을 볼 수 있었다. 처음에는 내가 무엇을 잘하고 그것에 흥미를 가지고 있는지를 봤고, 그 다음에는 중학교 때부터 꾸준히 해왔던 적성검사 자료들을 봤다. 그 결과 고1 때 희망했던 직업과 나의 흥미, 그리고 적성이 같은 지점을 가리키고 있다는 사실을 알게 되었다.

그 시기에 카피라이터에 대한 자료를 찾으면서 알게 된 데이비드 오길비의 책을 읽게 되었다. 자서전이라기보다는 광고에 대해 나와 있는 『광고 불변의 법칙』을 읽으며 내내 느낀 것은 '바로 이거야! 내가 하고 싶은 일!'이었다. 책에서 언급한 오길비의 광고에 대한 생각들은 정말 고개를 끄덕거릴 정도로 나를 감동하게 만들었을 뿐만 아니라 광고회사가 모여 있는 미국 뉴욕에 있는 회사에 들어가서 일하고 싶다는 욕구를 불러일으켰다.

이렇게 나는 광고와 가까워지기 시작했고, 미국에서 광고를 공부하고 싶다는 유학의 꿈도 자연스레 품기 시작했다. 하지만 이미 이과에 흥미가 떨어진 나의 두 과목 성적을 본 부모님은 유학을 완강히 반대했다. 어린 나이였지만 부모님이 이해되기도 했다. 현재 위치에서도 제대로 못하고 있는데 유학은 도피의 수단으로 여겨지는 턱도 없는 소리일뿐더러 미국을 동경하는 아이의 허울 좋은 외침 정도로밖에 들리지 않았던 것이다. 하지만 나는 쉽게 포기할 수 없어서 혼자 서울로 가서 교환학생 시험을 보고 왔다. 다행히 좋은 성적을 거두어 장학금 학생으로 뽑혔지만 그래도 아빠의 마음은 쉽게 움직이지 않았다.

그 이후로 나는 부모님이 나의 뜻을 잘 모른다는 생각에 방황의 시기를 보냈고 그렇게 나는 수학능력 시험을 보았다. 대학교를 어디로 갈지 알아봐야 하는데 이공계로 진학해야 한다는 생각에 영 마음이 내키지 않았다. 나는 한국 대학교를 알아보면서 미국에 있는 대학교도 함께 알아봤다. 물론 부모님은 모르게 말이다.

부모님의 반대를 꺾으려면 어쩔 수 없는 상황을 만드는 길밖에 없었다. 바로 대학에 떨어지는 것이었다. 무서운 결심이었지만 나는 말도 안 되는 상향 지원을 했고 예상대로 세 대학 모두 떨어졌다. 그리고 나서 나는 어디 학교를 가서 무엇을 공부하고 뭐가 되고 싶다는 구체적인 계획서와 학교에 대한 정보가 담긴 프레젠테이션을 뽑아 부모님께 보여드리며 다시 조심스럽게 이야기를 꺼냈다. 부모님의 생각은 조금씩 바뀌고 있었다. 하지만 대학에 떨어진 터라 '할 수 있다'는 신뢰를 다시 얻기까지 많은 노력이 필요했다.

뉴욕에서 나를 만나다

그러다 어느 날 갑자기 아빠가 혼자 미국을 다녀오라고 했다. 지금에서야 웃으면서 이야기하지만 그때 아빠는 혼자 얼마나 잘하고 오는지, 그 나라가 얼마나 큰 나라이고 만만한 나라가 아닌지 깨달으라고 날 보냈다고 한다. 나는 졸업식을 마치고 그렇게 처음으로 뉴욕에 갔다. 사실 광고로 유명한 학교가 뉴욕에 있다고 해서 어느 학교인지 알아보았다. School of Visual Arts. 내가 몇 달 전에 합격 통지를 받은 학교다. 나는 그 학교를 많이 둘러보진 못했지만 어느 정도 구경은 할 수 있었다. 그 학교뿐만 아니라 이곳저곳 학교를 보면서 많은 도전을 받았다. 물론 나의 꿈, 언젠가 가보리라 맘먹고 있었던 뉴욕의 매디슨 애비뉴Madison Avenue에도 발 도장을 찍고 왔다.

혼자 비행기를 타고, 혼자 타국 은행에 가서 돈도 바꿨다. 여행 도중 중간 경유지에서 여행 가방이 몽땅 사라지는 해프닝도 벌어졌다. 순간 당황은 되었지만 부모님께 전화하지 않았다. 내가 혼자 할 수 있는 데까지는 스스로 해결해보고 싶었고, 혼자 할 수 있다는 것을 보여드리고 싶었기 때문이었다.

혼자 가는 여행이라 대화할 사람이 없어 속으로 내 자신과 대화를 할 수 있던 기회와 시간이 많았다. 또 길을 모르면 빌딩에 들어가서 물어보고 공항도 혼자 찾아가고 모든 것을 혼자 하면서 '아, 내가 이런 상황에서는 이렇게 행동하는구나, 나에게 이런 면도 있었구나' 하는 것을 깨달았고 그것은 단순 방문이 아닌 나 자신과 만나고 오는 계기가 되었다. 또 영어를 열심히 해야겠다는 다짐을 하는 계기도 되었다. 미국 공항에서 현지인들이 영어를 못 하는 한국인 아줌마를 보며 무시하고 비웃는 장면을 보고 나는 화가 많이 났고 오기가 생겼다. 영어를 진짜 열심히 해서 당당하게 다시 나타나리라고 말이다.

나는 한국에 오자마자 입시준비를 시작했다. SVA 광고과에 들어가기 위해서는 미술을 기본으로 배워야 한다고 했다. 나는 교회를 같이 다니던 친한 친구의 소개로 좋은 미술 선생님을 만나게 되었다. 학교 미술 말고 따로 배운 적이 없었기 때문에 모든 것을 처음부터 시작해야 했다. 화실에서 선 긋기부터 시작한 초짜였지만, 광고를 하기 위해 미술을 해야 한다는 열정으로 흥미 또한 저절로 생겼다. 의외로 미술을 하면서 나도 알지 못했던 재능들을 발견했고, 선생님도 정말 길을 잘 정했다는 칭찬을 아끼지 않았다.

토플 공부를 해야 하는데 학원을 다니기는 싫었다. 학원에 의지하며 공부하는 것은 내 의지를 부모님께 확실하게 전달하는 방법이 아니라고 판단했다. 그래서 나는 혼자 토플 공부를 하면서 포트폴리오 작업을 병행했다. 두 가지를 짧은 시간 내에 완벽하게 끝내는 것은 쉽지 않았다. 고3 때에도 나지 않던 코피가 미술을 시작한 일주일 뒤에 터졌고 체력을 키워야겠다는 생각에 집에서 학원까지 왕복 8킬로미터를 매일 걸어다녔다.

광고를 하고 뭔가 꿈에 도전하고 있다는 생각에 너무너무 설레고 행복해서 내 체력이 바닥나고 있다는 사실을 깨닫지 못하고 있었다. 그 순간순간이 즐거워 정신은 항상 말짱하게 깨어 있었으니까. 그러다가 포트폴리오 작업이 끝날 무렵인 겨울이었다. 그날 역시 학원에서 포트폴리오 작업의 마지막 작품을 터치하고 있다가 갑자기 내 몸은 균형을 잃고 맥없이 쓰러져버렸다. 나는 그때 다시 한 번 느꼈다. 내가 정말 행복에 겨워서 몸을 아끼지 않을 정도로 열정에 가득 차 있고 이 길을 참 잘 선택했구나 하고 말이다.

그렇게 무사히 포트폴리오 작업을 마친 작품과 함께 미국 동부지역을 중심으로 4군데 학교에 지원을 했다. 그러나 가장 걱정된 것은 가장 가고 싶어 했던 학교, SVA 합격 여부였다. 아무리 열심히 했다고 해도, SVA는 미국 미술대학 순위 10위 안(2006년 기준)에 드는 명문대학이었다. 또 졸업생의 90%가 1년 안에 취업에 성공하는 대기록을 보유하고 있는 대학이었다. 이렇게 어마어마한 SVA에 대한 설명들은 나도 모르게 큰 두려움을 갖게 했다. 그러나 만약 다른 학교에서 장학금을 준다 해도 나는 SVA를 갈 것이라는 굳은 의지를 가지고 기다렸다.

시간은 점점 흘러갔다. 드디어 나에게도 합격 통지가 왔다. 동부지역 어떤 학교에서 4천만 원의 장학금을 준다고 제일 먼저 통지가 왔다. 기쁜 일이었지만 내가 기다리는 소식은 따로 있었다. 몇 주일이 흘렀다. 그리고 마침내 기다리던 소식이 왔다. SVA 합격 통지였다. 물론 갈등할 것도 없이 SVA로의 진학을 결정했다.

앞으로의 일들이 지금까지 겪었던 일들보다 더욱 힘들고 어려울 것이라고 예상하고 있다. 그것을 알고 있음에도 불구하고 내가 이 길을 선택한 이유는 데이비드 오길비의 『광고 불변의 법칙』을 읽고 춤추던 나의 마음을 알았듯이, 내 속의 또 다른 나의 재능이 어디에 있을 때 가장 밝게 빛을 내는지를 찾았기 때문이다.

나의 재능을 발견했을 때 한 가지 기억해야 할 것은, 자기 자신은 자기가 제일 잘 안다는 것이다. 주위에서 혹은 부모님이 반대해도 내 자신이 '이 길이다'라고 생각하면 그 길로 가는 것이 중요하다. 나는 이것이 무모한 도전이 아닌 나아갈 수 있는 용기라고 생각한다. 물론 그 뒤에 따르는 책임을 짊어질 수 있다는 확신으로 말이다.

나는 모든 사람들이 분명 한 가지 이상의 재능을 가지고 태어난다고 믿는다. 그 재능을 발견하고 그 일을 만들어가며 앞으로 나아가는 것과 자신의 재능을 모르고 나아가는 것은 보이지 않는 차이로 시작해서 확연히 보이는 차이로 끝을 맺게 된다. 다시 말하면 성공하는 사람들과 그렇지 못한 사람들의 차이가 여기에 있다고 해도 과언이 아니라고 생각한다.

자신의 재능을 찾지 못했다면 최대한 많은 것을 경험해보려고 노력함과 동시에 자신을 돌아보는 것은 정말 중요한 일이다. 책을 읽는 것도 매우 좋은 간접 경험이다. 또한 자신에 대한 어떠한 가능성

의 문도 닫지 말고 있어야 한다. 자기 자신에게 제한구역을 만든다
는 것은 늘 같은 곳에 머물 가능성이 높다는 뜻이다.

　나에게 어떤 재능이 있는지 자신이 알지 못하면, 자신이 어떠한
일을 잘할 수 있는지도 보지 못한다. 아는 만큼 보이기 때문이다.

『광고 불변의 법칙』

광고계 최고의 천재, 광고계의 거인이라고 일컬어지는 데이비
드 오길비의 광고 철학의 정수를 담고 있는 최고의 광고 실무
지침서이다. 데이비드 오길비가 20년 동안 경험한 광고의 법
칙을 체계적으로 정리함과 동시에, 한 발 더 나아가 실무에서
어떻게 광고를 집행하는지 찬찬히 설명해준다.

꿈의 방향에 자신이 없다면
선배의 길을 따라가보라

한학수 『여러분, 이 뉴스를 어떻게 전해 드려야 할까요?』

김현성(연세대학교 경영학과 3학년)

자신의 진로를 명확히 결정하기란 사실 쉽지 않다. 보통은 여러 가지 하고 싶은 일들을 머릿속에 떠올리지만 확실한 길을 정하지 못하다가, 결국은 대학에 입학해서는 남들과 똑같은 취업 준비를 하게 되기 십상이다. 그러나 나의 경우 대학에 입학하고 난 뒤 학보사에 재직하면서 언론이라는 목표에 한 발짝씩 다가가고 있다. 나의 결정에 가장 큰 도움을 준 책이 바로 온 나라를 뒤흔들었던 황우석 사태를 다룬 MBC 한학수 PD의 『여러분, 이 뉴스를 어떻게 전해 드려야 할까요?』이다.

사실 PD라는 직업은 많은 사람들에게 선망의 대상이 되고 있다. 그러나 선망의 이유를 묻는다면 대부분 높은 수입이나 유명인들과의 접촉 기회가 많은 점, 멋있어 보인다는 점 등 피상적인 이유를 들고 있다. 그러나 사실 PD도 넓게 본다면 언론인에 속한다. 이 책은 단순히 PD라는 직업에 종사하는 사람의 경험담뿐만이 아니라 부조리한 사회 현상에 맞서는 언론인의 자세를 보여주고 있다.

당시 황우석 박사는 우리나라의 최고 과학자로서 많은 인기를 얻고 있었고, 이러한 여론을 등에 업고 PD수첩의 문제 제기를 억눌렀다. 당시 PD수첩은 폐지 위기까지 내몰렸지만 이 책의 주인공들은 결코 포기하지 않았고, 결국 진실을 밝혀내는 데 성공했다. 이후 PD수첩은 지금까지도 우리 사회의 불합리한 이면을 고발하고 파헤치는 프로그램으로 이름을 얻고 있다.

길이 보이지 않을 때 길을 만나다

나는 학창시절에 진로를 정확히 결정하는 데 많은 어려움을 겪었다. 첫째로 '나'라는 사람을 비춰봤을 때 내가 어떠한 일을 해야 할지 명확하게 알지 못했고, 하고 싶었던 일들이 너무 많았기 때문이다. 남들과 똑같이 취직해서 똑같이 살아가는 것은 싫었지만, 그렇다고 다른 어떤 목표를 특별히 정하고 그쪽을 향해서 매진했던 것도 아니었다. 그러다 보니 자연스레 삶의 지향점이 희미해지기 시작했다.

미래의 내가 무슨 일을 해야 할지에 대해 생각이 없었던 것은 아니다. 예전부터 사회 문제에 깊은 관심을 가지고 있었기 때문에 '세상을 옳게 바꾸고 싶다'라는 막연한 기준과 생각은 있었다. 그러나 이를 실행하기 위해 어떠한 일을 구체적으로 준비해야 하는지, 어떤 마음가짐을 가져야 하는지, 어떤 단계를 거쳐야 하는지 등에 대해서는 아무런 방향이 잡혀 있지 않았다. 그러다 보니 갖가지 추상적인 생각들만 머리에서 맴돌 뿐 확실한 나의 갈 길을 정할 수 없었던 것이다.

이러다 보니 결국 찾아오는 것은 무기력뿐이었다. '좋은 대학에 가야 한다'는 주변의, 그리고 사회적인 압박에 공부를 하기는 했지만 내가 과연 어떤 목적으로 공부를 하는 것인가, 단지 대학에 진학한다고 해서 나의 목표가 이뤄지는 것인가, 그리고 내가 대체 어떤 사람이 되기 위해 공부를 하는 것인가 등의 문제는 해결되지 않았다. 그리고 결과적으로 나의 학창시절의 생활 자체에 회의가 들기 시작했다.

그러다가 온 나라에 충격을 준 황우석 박사의 줄기세포 파동에 대해 다룬 『여러분, 이 뉴스를 어떻게 전해 드려야 할까요?』라는 책을 손에 넣게 되었다. 사실 나는 생물학 분야에 대해서는 문외한이라 이 일에 대해 관심은 있었지만 잘 알지는 못했던 터였다. 그러나

PD수첩이 왜곡된 진실 하나를 알리기 위해 싸워왔던 과정을 기록한 이 책을 읽으면서 나의 미래에 대한 뚜렷한 목표가 조금씩 만들어지기 시작했다.

약 600페이지에 달하는, 조금 두꺼운 이 책에는 그들이 언론인으로서 제대로 된 진실을 밝히기 위한 몇 달 간의 힘겨운 싸움과 어려움이 고스란히 묻어 있었다. 그리고 PD수첩이 폐지될 위기에까지 놓였음에도 불구하고 포기하지 않고 진실을 밝히려 애썼던 노력이 드러나 있었다.

결국 이로 인해 잘못은 바로잡혔고, 논문 조작 등에 대한 심사 기준이 지속적으로 보강되고 엄격해지는 등 사회는 바뀌기 시작했다. '언론인'으로 나의 길이 정해졌던 것은 이 책을 덮고 나서부터였다. 사회를 올바르게 바꾸고 싶다는 추상적인 생각에 구체적인 방향이 잡히기 시작했던 것이다. 그래서 대학에 입학하고 난 후에는 망설임 없이 학보사에 지원하게 됐다.

언론인을 향한 꿈에 확신이 서다

내가 학보사에서 기자 일을 시작한 이후로 학내에는 많은 일들이 있었다. 학교 안의 병원이 노동 조건 개선을 요구하며 파업한 일이 있었고, 총장이 부인의 편입학 관련 비리 의혹으로 사임하기도 했다. 학교 축제는 비용 및 기타 문제로 인해 큰 행사가 열리지 못할 위기에 처하기도 했다.

이러한 일들을 밝혀나가면서 사실 힘들고 어려운 점도 많았다. 신문사 일에 더 매달리다 보니 성적도 떨어지고 부모님과의 갈등도 심해졌다. 또 주로 학내 문제를 다루지만 취재를 하다 어렵고 불편한 일들을 겪기도 했다. 이럴 때는 '내가 과연 나의 목표를 위해 옳은 길을 걷고 있는 것일까, 차라리 이 일을 그만두고 학업에 집중해서 좋은 성적을 받는 것이 더 좋은 일이 아닌가'라는 생각이 들 때도 있었다.

가끔 그런 생각에 심하게 빠져들 때면 『여러분, 이 뉴스를 어떻게 전해 드려야 할까요?』를 다시 읽게 된다. 학교보다 훨씬 더 거친 곳인 사회에서 나와 같은 생각을 가지고 싸우는 사람들, 그들의 경험담을 읽고 있노라면 다시금 언론인으로서의 길을 걸을 수 있다는 자신감이 들곤 한다. 사실 학교라는 울타리 안에서 어느 정도 보호를 받을 수 있는 내가 느끼는 좌절과 어려움은 이 책의 주인공들보다 훨씬 덜한 것이었다.

내가 앞으로 계속하여 이 길에 매진할 수 있을지는 100% 장담할 수 없다. 그러나 지금 걷고 있는 길이 나의 꿈과 통하는 것이라는 사실에 대해서는 확신하고 있으며, 그 확신을 갖게 해준 책이 바로 이 책이었다.

언론인을 꿈꾸는 학생들이여! 자신이 가고자 하는 길이 어떤 것인지를 알고 싶다면『여러분, 이 뉴스를 어떻게 전해 드려야 할까요?』를 꼭 읽어보기 바란다.

랩프와 사이먼 사이에서
인생의 길을 발견하다

월리엄 골딩 『파리대왕』

홍선혜 (연세대학교 철학과 2학년)

　　현재 연세대 인문학부에 재학 중인 나의 어렸을 적 꿈은 외과의 사였다. 사람의 생명을 살리는 의예과의 꽃, 외과의사가 되는 것이 좀처럼 바뀌지 않았던 장래 희망이자 열심히 공부한 이유였다. 그 러나 외고를 진학하여 적성에 맞지 않던 이과 공부와 오르지 않는 성적은 나로 하여금 이과에서 문과로의 전과를 생각하게 했다. 한 창 전과에 대한 고민을 많이 할 때, 내 결정을 도와주었던 책은 의 외로 자기계발서가 아닌 월리엄 골딩의 『파리대왕』이라는 문학 작 품이었다.

사이먼에게서 철학자의 모습을 보다

『파리대왕』은 인간 본성의 잔인함, 폭력성을 중심으로 인간의 본성에 대해 깊이 고찰한 소설이다. 육군사관학교의 6~12세 사이의 영국 어린이 열두 명이 탄 비행기가 무인도에 추락하면서, 질서와 엄격한 규율에 익숙한 아이들은 대장을 뽑고 소라껍질을 불어서 회의를 소집하며 본능만 살아 있던 무인도라는 공간을 그들 나름의 사회로 만들어 나간다.

이 과정에서 상식적이고 이성적인 대장 랠프와 본능적이며 권력 지향적인 잭과의 반목이 표면화되고, 결국 랠프와 잭의 무리로 아이들이 양분되면서 랠프의 아이들 중 '새끼돼지'가 잭의 아이들이 던진 돌에 맞아 죽는다.

그리고 '새끼돼지'가 죽기 전, 이지理智가 무참히 말살당하고 야만과 본능만이 생존을 위한 길이었던 사회에서 항상 고독하고 명상을 좋아하던 '사이먼'이 극도로 흥분한 사냥부대 소년들에게 집단 타살을 당한다. 두 아이가 죽은 후, 이성과 선善을 상징했던 랠프가 기아에 허덕이고 야만에 쫓기며 무인도에서 겨우 목숨을 유지하다가 섬에 접근하던 영국 장교의 도움으로 구출되며 이야기는 끝을 맺는다.

『파리대왕』을 읽으면서 진로를 고민하던 내가 결정적으로 도움을 얻었던 것은 랠프와 사이먼에게 내 자신을 감정 이입시켰을 때였다. 내가 그렇게 되고 싶었던 외과의사는 누구나 생각하듯 이성과 상식, 선과 질서를 상징하는 직업이었고, 작품 내에서 유사한 캐릭터는 바로 이지의 상징, 랠프였다.

그러나 랠프의 사고는 항상 이분법적이다. 선과 악 중에 선을 지지하고, 이성과 본능 중에 이성을 지지하며, 문명과 야만 중에 문명을 선택한 랠프는 현대 사회에서 문명의 상징이며, 삶과 죽음, 환자와 비환자라는 이분법적 사고의 틀 안에서 사는 외과의사와 닮아 있다고 느꼈다. 그리고 아이들 중에서는 가장 존재감이 없어 후에 야만의 희생물로 전락해버리는 사이먼은 『파리대왕』을 읽는 내내 오히려 그 어떤 등장인물보다 큰 존재감으로 나에게 지대한 영향을 끼친 캐릭터였다.

작품의 가장 인상 깊었던 대목도 바로 사이먼이 막대기에 꽂힌 제물 멧돼지 머리와 대화하던 장면이었다. 인간의 원초적 잔인성과 파괴 본능에 의해 희생된 멧돼지는 인간 본성에 내재해 있는 악을 '인간의 일부분, 아주 밀접하게 가까이 있는 일부분'이라고 묘사한다.

또한 사이먼은 아이들이 무인도의 괴물이라고 상상했던 존재가 추락한 낙하산과 조종사의 시체라는 것을 알아내면서 무인도의 '진리'를 찾아간다. 합리성만을 갈구하며 문명을 추구하는 랠프와, 합리적이고 이성적인 인간의 본성에는 악하고 야만적인 습성도 있다고 생각하며 진리를 탐구하고 고찰하는 사이먼을 비교하면서 나는

17살, 나를 바꾼 한 권의 책

랠프가 외과의사라면 사이먼은 바로 인문학자나 철학자를 상징한다고 생각했다.

나의 진로에 도움을 준 책 한 권

『파리대왕』의 초반부에서만 존재했던 엄격한 규율과 질서, 여러 가지 장치를 통하여 사회를 꾸려 나가려 했던 어린 아이들은 점점 이성을 잃고 본능만을 판단 기준으로 삼고 살아가려 했다. 작품을 읽는 내내 그들에게 필요한 것은 외적인 치유보다도 내적인 치유라고 생각했다.

현대 사회에서도 물론 인간이 신체적이나 육체적으로 상해를 입는다면, 외적인 치유를 담당할 외과의사가 반드시 필요하다. 하지만 사회적 측면에서 봤을 때 사회가 점점 다변화되고 문명화됨에 따라 현대인들은 무인도에 있던 아이들처럼 이지가 무참히 말살된 사회에 노출되어 있을 때가 많다고 생각했다.

나는 의대 입시를 준비했던 때에는 아침 등굣길에 스쿨버스 안에서 읽었던 신문의 사회면 기사들을 단순히 우리 사회에서 발생한 '남의 일'로 치부해버렸고, 그러한 사례를 대학 입시의 면접을 준비하기 위한 도구로만 생각했다. 그러나 『파리대왕』을 읽고 인간의 잔인하고 폭력적인 본능에 관심을 가지게 되면서 '진리'라는 것을 생

진로를 결정하는 것은 나의 꿈을 실현시키고 목표를 이루기 위

한 길을 닦는 가장 중요한 작업이다. 주위 분들의 조언은 진로를

결정하는 데에 도움을 주지만, 결정 그 자체는 자신이 직접 적성

을 찾고 하고 싶은 일을 찾은 후 내리는 것이라 생각한다. 여러

가지 자기계발서는 내가 공부하도록 도와준 촉매제였지만, 『파

리대왕』이라는 문학 작품은 결정적으로 내 자아를 성찰해보며

내가 걸어가야 할 길을 결정하게 도와준 책이었다.

각하게 되었고, 따라서 신문의 기사들을 바라보는 시각도 전과는 달라지게 되었다. 여태까지 무심코 읽어 넘겼던 사회면 기사들에 대해 문명과 기술이 발달함에 따라 인간의 이성이 얼마나 도구화되었는지, 또 인간의 폭력적이고 잔인한 본성이 현대 사회에서 얼마나 극대화되었는지 등 인간 내적인 측면에 초점을 맞추어 사회의 문제들을 보게 되었다.

외과의사로서 인간의 외적 치유를 하고 싶었던 내가 『파리대왕』이라는 문학 작품을 만나 인간의 내면적 치유에 관심을 가지고 그것이 나의 적성과 더 맞다고 생각을 하게 된 것. 그것은 어쩌면 작품 속 등장인물이었던 사이먼과의 정신적 교감과 소통을 했기 때문일지도 모른다. 나의 진로를 외과의사로 결정했을 때에는, 나의 꿈을 이루기 위해 하기 싫고 어려웠던 공부도 '해야만 하기 때문에' 했던 적이 많았다. 하지만 『파리대왕』이라는 문학 작품을 읽고 나의 적성과 흥미를 찾으며 새롭게 문과 공부를 시작하면서부터는, 나의 꿈을 이루기 위한 입시공부도 '하고 싶기 때문에' 하게 되었다.

꽃보다 뿌리를 택했다

진로를 결정하는 것은 나의 꿈을 실현시키고 목표를 이루기 위한 길을 닦는 가장 중요한 작업이다. 주위 분들의 조언은 진로를 결정하는 데에 도움을 주지만, 결정 그 자체는 자신이 직접 적성을 찾고 하고 싶은 일을 찾은 후 내리는 것이라 생각한다. 여러 가지 자기계발서는 내가 공부하도록 도와준 촉매제였지만, 『파리대왕』이라는 문학 작품은 결정적으로 내 자아를 성찰해보며 내가 걸어가야 할 길을 결정하게 도와준 책이었다.

결국 나의 길의 가로등이자 이정표가 되어 준 윌리엄 골딩의 『파리대왕』을 읽은 후, 의예과의 꽃인 외과의사라는 진로를 택하지 않고 의학을 포함하여 모든 학문의 뿌리인 철학을 전공하고 싶다고 생각했다. 그리고 결과적으로 현재 인간과 인간 문화가 그 연구 대상인 인문학부에 진학하였다.

나는 항상 이분법적인 사고만을 했던 나의 정신과 사고를 자유롭고 다양하게 풀어놓으면서 본질적으로 인간을 탐구하는 인문학을 공부하고 있다. 지금 나는 나의 진로를 잘 결정했다고 생각하며, 나의 전공을 공부하면서 진정한 앎의 자세를 배워나가는 중이다. 어렸을 때부터 항상 모든 문제집이나 책상 앞에 써 놓았던 나의 좌우명(When I do my best for my work, I feel alive.) 역시 어쩌면 나의 잠재의식 속에 예비 '외과의사' 홍선혜보다 예비 '인문학도' 홍선혜가 어울릴 것을 알고 만들었는지도 모른다.

혹자는 윌리엄 골딩의 『파리대왕』이라는 문학 작품은 한 사람의 인생과 진로를 결정하기에는 너무 소소한 계기라고 생각할지도 모른다. 그러나 나의 경험에 비추어보았을 때, 나의 적성과 흥미를 고민하고 내가 어떤 길을 걸어야 할지 모르는 방황의 시기에 내 손에 들린 한 권의 책이 나의 진로를 결정하는 데에 결정적인 도움을 준 한 줄기 빛이 되었다는 것을 말하고 싶다.

『파리대왕』

1983년 노벨문학상 수상자인 윌리엄 골딩의 첫 장편소설이자 출세작으로 1954년에 출간되었다. 외딴 산호섬에 상륙해 야만적인 상태로 되돌아간 소년들의 이야기를 그린 우화풍의 소설이다. 인간 악의 일면을 교묘하게 그려내고 인간의 상황을 우화적으로 묘사한 『파리대왕』은 사회관습이 매우 빨리 붕괴할 수밖에 없다는 것을 풍부한 상상력으로 표현하고 있다.

활자들이 톡톡 튀어올라
인생의 어디쯤 있는지 알려줄 때
조정래 『태백산맥』

조은경(고려대학교 국어국문학과 졸업)

누구에게나 고등학교 3학년은 불안하고 초조한 시기일 것이다. 나 역시 윤리책에 자주 등장하던 '질풍노도의 시기'라는 말에 공감할 수밖에 없는 혼란스러운 열아홉 살을 맞이하고 있었다.

친구들은 하나씩 진로를 정하고 있었다. 그들은 대부분 법학, 경제학, 경영학 등 소위 인기학과를 지망했다. 지금도 그렇지만 성적이 좋으면 누구나 법대, 의대를 지망하던 때였다. 그렇지만 나는 아무것도 정할 수가 없었다. '갇혀 있다'는 느낌이 강했던 고등학교 시절, 나는 대학이라는 공간이 자유로울 것이라는 기대와 딱딱

한 실용 학문을 접하는 곳이 대학일 것이라는 불안을 동시에 느끼며 혼란에 빠져 있었다. 아주 잠시 경제학도를 꿈꾸기도 했지만 나는 곧 그것이 그저 남의 꿈을 따라 하는 모방에 불과하다는 것을 알았다.

그 시기쯤, 옆자리 친구가 읽던 책에 눈길이 갔다. 아마 공부하기가 지겨워서 그랬을 것이다. 잠시 친구에게 책을 빌려 앞부분 몇 장을 순식간에 읽어내렸다. 겉표지가 너덜너덜한 것에 비해 왠지 책이 재밌을 것 같았다. 그리고 그 책, 『태백산맥』은 내 인생을 확 바꿔 놓았다.

한국 문학에 푹 빠져든 고3

그날 밤 늦게 자율학습을 마치고 집에 돌아간 나는 그 책에 푹 빠져 새벽까지 잠을 이루지 못했다. 책을 순식간에 읽어내리게 만드는 작가의 필력에도 놀랐지만, 인물 하나하나가 살아 숨쉬는 듯한 섬세한 묘사, 역사적 사실과 허구를 절묘하게 조화시켜나가는 작가의 능력에 반해버렸다.

일제 시대를 비굴하게 살아낸 사람들이 해방 후 또다시 권세와 부를 누리게 되었을 때 나는 함께 분노했다. 그리고 주인공들이 사상을 뛰어넘어 우정을 나눌 때 나도 함께 웃었고, 끝까지 신념을 지키다 한두 명씩 활자 속에서 죽어갈 때 나도 함께 콧날이 시큰해졌다.

그렇게 새벽녘에 한 권을 다 읽고 『태백산맥』이 10권 분량의 대하소설이라는 것을 알았다. 소설책을 읽을 여유 같은 것은 없는 시기였지만 나는 앉은자리에서 10권까지 다 읽을 수 있을 것 같은 열정에 사로잡혀 있었다.

부모님께 부탁을 드려 10권 한 질을 구입한 후 매일 밤마다 책을 읽고 또 읽었다. 결국 나는 스스로 종이와 테이프를 사서 책장 입구를 다 막아 버려야만 했다. 그러지 않고서는 도저히 밤마다 『태백산맥』을 읽느라 잠을 못 이루는 습관을 바꿀 길이 없었기 때문이다.

그러나 그 책은 단순히 입시공부의 도피처만은 아니었다. 나는 『태백산맥』을 통해 해방 직후부터 6·25전쟁이 휴전에 이르는 시기까지를 새로운 시각으로 바라볼 수 있었다. 교과서에서 배운 그대로의 단편적인 시선을 벗어나 역사와 사회, 세상을 입체적으로 바라볼 수 있는 눈을 얻었다.

또 글을 쓴다는 것이 얼마나 위대한 일이고 생동감 넘치는 일인지도 알 수 있었다. 그리고 내가 얼마나 한국 문학을 좋아하는지를 느낄 수 있었다. 한국 소설의 작은 어휘 하나하나에 매력을 느끼고, 한 문장 한 문장에 깊게 감동을 받았다. 그리고 그때, 국문학을 전공하면 어떨까라는 생각을 처음 하게 되었다.

『태백산맥』에서 내 길을 찾다

내가 법학을 전공하기를 바랐던 부모님은 나의 생각에 반대했다. 사실 주변 그 누구도 찬성하지 않았다. 대학에서 국문학을 전공하고 나중에 뭐가 될 거냐는 질문부터 수학능력 시험점수가 좋지 않을까봐 지레 겁먹고 희망 전공을 바꾸는 거라고 비난하는 사람도 있었다.

그런 말들이 상처가 되기도 했지만 나는 더욱 확고하게 마음을 먹었다. 어쩌면 내가 다니는 마지막 학교가 될 수도 있는 대학이라는 공간. 적어도 그곳에서만큼은 원하는 것만 공부하고 싶었다. 대학 4년만큼은 하고 싶은 일을 하고, 배우고 싶은 것을 배울 수 있어야 한다고 굳게 믿고 있었다. 결국 모두가 말리는 상황에서 나는 국문학과에 진학했다.

돌이켜보면 인생을 살면서 대학시절만큼 즐겁고 행복했던 때는 없었던 것 같다. 공부하고 싶고, 경험하고 싶은 일들을 원 없이 할 수 있었다. 함께 잔디밭에 앉아 문학을 이야기하고, 좋아하는 작가에 대해 이야기를 나눌 수 있는 사람들이 있었다. 노래가 하고 싶을 때는 무대에 올라 노래를 불렀다. 전공 수업을 들으며 관심을 가지게 된 연극에 푹 빠져 미국에 교환학생으로 가서 연극을 공부하기도 했다. 그리고 글을 쓰는 일이 너무 좋아 교내 학보사에서 신문을 만들면서 정말 잠자는 시간 말고는 학교에서 살다시피하며 신문을 만들었다. 그렇게 대학에서 치열하게 하고 싶은 공부를 하며 보냈다.

친구들은 종종 그런 내가 철이 없다고 말하기도 했다. 사람이 어떻게 자기가 좋아하는 일만 하고 사느냐고 말하는 친구도 있었다. 맞는 말이다. 누구나 좋아하는 일만 하고 살 수는 없다. 그러나 적어도 내가 무엇을 좋아하는지, 무엇을 좋아하고 잘할 수 있는지 알려고 하는 노력만은 평생 계속되어야 하는 것이라고 생각한다.

학보사에서 신문을 만들면서 웹진을 같이 만들게 되었고 그때부터 인터넷 분야에도 관심이 생겼다. 결국 학교를 졸업한 지금, 웹 기획을 직업으로 삼게 되었다. 누구나 공감할 수 있고 함께 느낄 수 있는 글을 써 보고 싶다던 희망은 이제 누구나 자유롭고 편안하게 소통하고 나눌 수 있는 웹 공간을 만들겠다는 희망으로 바뀌었다. 하지만 여전히 내가 하고 싶고 그래서 더 잘할 수 있는 일을 찾으려는 노력만은 변치 않고 있다.

책이라는 건 참 신기한 물건이다. 나는 가끔 책을 읽다가 활자들이 탁 튀어오른다는 느낌을 받을 때가 있다. 인상 깊게 느껴지는 문구, 그때그때 내 상황에 아주 밀접하게 와 닿는 구절들이 그렇게 툭툭 튀어올라 내 가슴 안으로 들어온다. 『태백산맥』을 읽으면서 변하지 않는 인간의 신념에 대한 구절들이 유난히 눈에 쏙쏙 들어오던 그 즈음, 나는 아마 국문학 전공의 꿈을 확고히 했던 것 같다.

대학을 졸업하고 사회인이 된 지금도 여전히 나는 내가 인생의 어디쯤 서 있는지 가늠하기 어려울 때, 책을 펴든다. 그 안의 활자들이 톡톡 튀어올라 내게 길을 제시하기를 꿈꾸며.

『태백산맥』

조정래의 대하소설로 1980년대 분단문학의 대표작이다. 전 10권. 한반도가 해방과 분단을 동시에 맞아 남한만의 단독정부가 수립되고, 제주도에서 4·3항쟁이 터지고, 여순사건이 일어나 진압된 1948년 10월부터 6·25전쟁이 끝나고 휴전이 조인되어 분단이 고착화된 1953년 10월까지의 상황을 그리고 있다. 『태백산맥』은 그 시대를 살다 간 수많은 인간 군상들의 삶의 기록이다.

『퇴마록』이 있었기에
나의 '말세'는 오지 않았다

이우혁 『퇴마록』

조홍진(서울대학교 경제학부 3학년)

눈앞이 깜깜했다. 아무 것도 보이지 않고, 귓가에는 유혹의 목소리만이 감겨왔다. 지금 당장에라도 이 모든 것을 그만두고 싶었다. 아무도 도움이 되지 못했고, 내 스스로 아무런 결정도 내리지 못했다. 그저 모든 것이 힘들었고, 누군가 답을 내려주기만을 기다렸다. 그런 만신창이의 상태로 시간이 흐르고 또 흘렀지만, 결국 해결책은 나오지 않았다. 그저 주변에는 암흑만이 맴돌았다. 그때 나는 한 권의 책을 만났다. 바로 『퇴마록』 말세편이었다.

방황의 시대에 만난 『퇴마록』

한국형 판타지의 초석을 쌓았다고 평가되는 이우혁의 『퇴마록』 말세편 1권 「부름」에서 주인공 박윤규 신부가 내내 겪었던 상황이 바로 암흑이었다. 음울한 이미지로 가득해 독자를 답답하게 만드는 책, 『퇴마록』 말세편은 바로 그런 책이었다. 이 책을 처음 읽었던 내 10대의 어느 날과 너무도 유사하게 닮아 있었다. 당시 나는 학교를 다니면서 늘 똑같은 일상과 목표와 방향이 없는 공부, 권태로운 삶에 질릴 대로 질려 있었다. 아무도 도움이 될 만한 조언을 해주지 못했고, 아무도 날 이끌어주지 못했다. 홀로 답을 찾아보려고도 했지만, 고작 10대의 소년에 불과했던 내게 '솔로몬의 지혜'란 존재하지 않았다.

보다 구체적으로 얘기하자면, 당시 내게 가장 큰 문제는 삶의 의미를 도무지 찾지 못하겠다는 것이었다. 왜 사는가, 나는 무엇을 하고 살 것인가 따위의 나름 철학적인 문제를 어렸을 때부터 고민해왔지만, 경험도 지식도 일천한 내게 만족할 만한 답변이란 존재하지 않았다. 게다가 한국의 공교육이 으레 그렇듯이, 학교 교육은 소위 말하는 '입시 교육'에 치중되었을 뿐, 내 내면의 고민을 들어주고 해결을 도와줄 준비가 되어 있지 않았다. 게다가 어렸을 때부터 무엇이 그리 불안했던지, 무료한 와중에 항상 무언가에 쫓기는 듯했다. 하지만 그 쫓김이 무엇을 향한 것인지는 도무지 알 수 없었다. 이런 내가 선택할 수 있는 길이란 방황뿐이었다.

『퇴마록』말세편 역시 주인공들의 '방황'으로 시작된다. 으레 이 책의 이름을 입에 올리면 사람들은 '판타지'라는 이 책의 장르만으로 내용을 예단하고는 한다. 하지만 사실 국내편과 세계편, 그리고 혼세편을 거치면서『퇴마록』은 여타 판타지 소설들과 차별화됐다. 단순히 민담, 심령 등을 소재로 삼아 재미를 추구하던 것에서 벗어나 세계를 움직이는 동력, 혼란스러운 세상에서 개인의 삶의 태도 등을 논하는 '철학적' 수준까지 올라간 것이다.

그래서 말세편은 세상의 종말을 예감하여 이를 막고자 하는 주인공들의 활약상을 조명하고, 그 과정에서 그들이 겪는 내외적 고난을 그려낸다. 앞에서도 말했다시피, 말세편은 주인공 박 신부의 방황으로 시작된다. 말세의 조짐을 알지만, 어떻게 올지, 무엇을 해야 할지 모르기 때문이다. 그는 자신의 퇴마행의 근원인 종교를 통해 이를 밝혀내고자 하지만 그에게 신은 도통 길을 보여주지 않는다.

한편, 영적 능력을 보유한 박 신부와 달리 육체적 능력만이 유일한 자산인 이현암은 수련을 쌓는다. 말세가 도래했을 때 그가 할 수 있는 일이라곤 수련의 결과인 강력한 힘을 바탕으로 어떤 상황에든 대처하는 것뿐이기 때문이다. 이런 현암의 곁에는, 혼세편에서 말세편으로 넘어오며 강한 능력을 잃어버렸지만 어떻게든 자신이 사랑하는 퇴마사 일행에게 도움이 되고자 애쓰는 현승희가 있다. 그녀는 그나마 남은 능력인 염력이 자신의 노화를 재촉한다는 것을 알면서도 묵묵히 자신을 희생한다. 마지막으로 뛰어난 주술 능력에 그간 성숙한 내면까지 갖춰 '적그리스도'를 참칭하며 말세의 짐을 혼자 지고자 하는 소년 장준후가 있다.

이들을 비롯한 퇴마사 일행에게 말세는 『해동감결』이라는 비전서에 의해 암시된다. 이들은 이 예언서에서 점치는 파국을 막고자 전 세계를 누비며 말세를 준비한다. 그 과정에서 그들은 교황청과 성당기사단을 비롯한 전 세계의 많은 종교 단체들과 엮이고, 아하스 페르쯔, 맥달, 치우천왕 같은 역사적 인물들과 조우한다. 퇴마사 일행은 7천 년의 역사를 넘나들며 역사의 비밀을 파헤치고 말세를 대비하지만, 그들에게 주어지는 난관은 끝이 없다.

'유토피아'로 남은 소설 속 학문의 세계

장장 19권에 달하는 긴 시리즈인 『퇴마록』은 말세편으로 종결된다. 시리즈 전체를 관통하는 권선징악적 주제는 결국 독자에게 휴머니즘을 호소하고, 이는 특히 주독자인 10대들에게 일종의 삶의 지침을 제시하게 된다. 특히, 무엇보다도 주인공 중 가장 어린 장준후는 선천적 소질에 후천적 영재 교육이 더해져 갖추게 된 엄청난 능력에 내면의 성숙까지 더한 일종의 '성장'을 보여준다. 소년이 청년이 되는 것이다. 단순히 능력이 뛰어나다고 행복한 것이 아니라, 내면의 성숙도 중요하다는 점을 깨닫게 해주는 것은 『퇴마록』의 숨겨진 의의로 꼽을 만하다.

퇴마록이 무엇보다도 내게 미친 가장 큰 영향은 '학문'에 대한 관심을 키워줬다는 점이다. 풍부한 자료 조사와 가설 구성, 적용을 통한 플롯 형성을 보며 난 학문이란 이런 것이 아닐까 하는 생각을 하게 됐다. 단순히 소설 작법에 따라 구성된 여느 소설과 달리 풍부한 인류학적, 고고학적 자료 조사에 근거해 스토리를 짜고, 이를 하나의 재미있는 '설說'로 풀어낸 것이 학문에 가깝다고 생각되는 것이다. 이는 실제로 이후 종교, 역사, 철학 등에 걸쳐 다방면에 관심을 갖게 하는 계기가 되었다.

결국 지금은 경제학을 전공하고 있다. 하지만 내 관심사는 단순히 요즘 이른바 '대세'인 금융과 재무에 국한되지 않고, 정치학·사회학·경제학·역사학·철학·문학 등 여러 분야에 걸쳐 있다. 이른바 '인문사회과학'을 꿈꾸는 것이다. 실제로, 그에 충실한 공부를 하고자 노력하고 있다. 물론 세상이 요구하는 바와 다르기에 항상 흔들리곤 하는 결심이지만, 『퇴마록』이 처음 내게 보여주었던 학문의 세계는 아직 '유토피아'로 남아 있다.

이런 내 꿈이 어떻게 종결될지는 모른다. 『퇴마록』이 장애물과 반전을 거듭하다 결국 열린 결말로 끝났듯이, 인생에는 많은 고난과 역경이 기다리고 있기 때문이다. 하지만 답답하고 불안하기만 하던 사춘기 시절, 내게 학문의 길을 열어주었고, 세상을 보는 관점, 삶의 태도를 정립하는 데 큰 영향을 미쳤던 『퇴마록』이 있었기에 내 '말세'는 오지 않았고, 새로운 삶을 시작할 수 있었다. 성장하는 장준후는 내게 친구였고, 나는 함께 성장할 수 있었다. '사춘기'는 아직 끝나지 않았다.

『퇴마록』

1990년대 컴퓨터 문학의 새 지평을 열었다고 평가받는 이우혁의 소설 『퇴마록』은 인간의 영적·정신적 세계를 지배하여 사회를 혼란과 범죄의 온상으로 몰아가는 악한 마귀들을 퇴치하는 퇴마사들의 활약을 그린 옴니버스 스타일의 판타지 소설이다. 1994년 1월에 처음 발간되어 지금까지 국내편(전3권), 세계편(전4권), 혼세편(전6권), 말세편(전6권), 해설집 등이 출간되었으며 판매 부수에서도 가히 경이로운 기록을 세우고 있다.

열정을 깨우는 그때,
인생이 성공으로 돌아서는 터닝포인트

존 템플턴 『열정』

권시진(연세대학교 경제학과 졸업)

　　활발하고 긍정적이며 교우관계가 넓고 운동을 좋아하나 학업에
는 큰 흥미를 느끼지 못함, 뚜렷한 목표의식이 부족하고 전반적으
로 모든 교과과목에 대한 체계적인 가정학습이 필요함, 전 과목 평
점 44점, 학급 35명 중 28등, 지능지수 95. 이것이 바로 나의 학창
시절을 알려주는 정보들이다. 이런 내가 한 권의 책으로 어떻게 변
했는지 여러분에게 들려주고 싶다.

성공을 위한 제1의 덕목, 열정

차가운 이성도, 뜨거운 열정도 없는 내 학창시절, 존 템플턴의 저서 『열정, 행복한 변화로 이끄는 내 삶의 기관차』는 평범한 학생이었던 나를 LA와 상하이, 홍콩과 서울을 오가며 꿈 많고, 하고 싶은 것 많고, 미친 듯이 뛰고 달리고, 세상의 중심을 경험하고 싶은 무한한 가능성이 있는 열정적인 학생이 될 수 있도록 만들어준 소중한 터닝포인트 역할을 해주었다.

학창시절, 누구나 많은 고민을 하게 마련이고 많은 종류의 문제를 접하게 되는 시기이기도 하다. 그러한 시기에 학업의 정진과 동기부여를 위해서는 꿈에 대한 열정과 같은 자극제는 필수이다. 우리는 보통 세계적인 투자회사의 사람들은 너무나 차갑고 빈틈이 없을 것이라고 생각한다. 이익을 남길 종목을 선택하고 적재적소에 팔 시기를 포착하려면 냉정한 이성과, 냉철한 판단력, 그리고 흔들림 없는 신념이 있어야 하기 때문이다.

세계 증권가의 심장부인 월스트리트에서 가장 활발한 그리고 가장 큰 수익률을 올린 투자가 중 한 명인 존 템플턴은 그의 저서에서 자신의 성공요인 중 열정을 가장 큰 가치로 꼽는다. 『열정, 행복한 변화로 이끄는 내 삶의 기관차』는 존 템플턴 평생의 경험과 꾸준한 관찰을 통해 얻은 인생의 진리들을 담고 있다. 아버지가 아들에 대해 이야기하듯 노 대가는 만족스러운 인생과 행복을 위한 법칙을 들려준다. 돈을 많이 벌거나 높은 지위에 오르는 세속적인 성공도 성공이겠지만 그는 저서에서 도덕적이며 인격적인, 좀 더 높은 차원의 위대한 성공을 말하고 있다.

성공을 위한 덕목은 여러 가지가 있지만 그가 가장 강조하는 것은 열정이다. 열정이야말로 인간의 삶을 적극적으로 그리고 긍정적으로 만들며, 사람이 인생을 살아가는 원동력이라고 말한다. 그는 열정이란 어느 날 갑자기 생기거나 특정한 사람만이 가지고 있는 것이 아니라 누구에게나 있는 것이고, 게다가 이미 자신 안에 있다고 얘기한다. 그리고 사람들로 하여금 가슴속에서 잠자고 있는 열정을 깨우라고 역설한다. 열정을 깨우는 그때가 비로소 자신의 인생이 성공으로 돌아서는 터닝포인트라고 그는 강조하고 있다.

『열정』이 일으켜 세운 나의 성장곡선

학창시절 나는 많은 시간을 교내 사회봉사활동부에서 보낸 경험이 있다. 20여 년 간 공무원으로 재직하신 아버지는 항상 국가와 사회에서 받은 감사함을 다시 국가와 사회에 정직하고 성실하게 환원하는 일을 하는 것이 진정한 지성인이라고 가르쳤다. 이에 나는 학창시절 경기도 용인의 특수아동 요양시설인 요한의집으로 봉사 활동을 가며 많은 배움과 진리를 터득할 수 있었다.

요한의집 홍루치아 수녀님은 목표와 꿈을 가지지 못한 채 방황했던 나에게 『열정』이라는 책을 선물해주었고 이 책은 내가 지금까지 성장할 수 있도록 도와준 조력서 역할을 해주었다.

자신을 변화시켜줄 책과 많은 것을 알려줄 수 있는 좋은 튜터와 자신의 역할 모델이 되어 줄 멘토는 인간이 성장함에 있어 필수적인 요소들이다. 주위에 얼마나 좋은 튜터와 멘토들이 있는지 살펴보면 자신의 대략적인 성장 가능곡선을 그릴 수 있을 것이다. 나에게는 존 템플턴의 저서 『열정』이 나를 변화시킨 조력서가 되어 주었고 그와 같은 커리어를 밟은 사람들이 내 멘토와 튜터가 되어 주었다.

고교시절 내 지능지수는 95였고 서울 시내에 있는 대학에 진학을 하는 것이 굉장히 어려울 만큼 성적이 썩 좋지 않았다. 그러나 이 책을 읽고 나는 학부에서 국제금융을 전공하고 미국 MBA 과정을 수학한 후 투자회사의 애널리스트와 기업경영 컨설턴트를 경험해 보겠다는 꿈을 세울 수 있었고, 목표를 정한 이후 내 성장곡선은 가파르게 올라갈 수 있었다.

결국 내가 원하는 대학에 진학을 할 수 있었고, 우수한 성적으로 대학을 졸업할 수 있었다. 그리고 미국 공인회계사 자격증을 취득하는 동시에 페덱스와 유비에스, 베인과 메릴린치 홍콩 등 세계적으로 명망 있는 다국적 회사를 거치며 탁월한 업무수행과 산출물을 성취해 낼 수 있었다. 나는 머리가 좋은 사람도, 능력이 뛰어난 사람

청소년기는 무엇을 이룰 수 있는 시기가 아니다. 인생이라는 긴 마라톤의 출발점에 서 있는 시기일 뿐이다. 다만 명확한 목표와 꿈의 설정은 청소년기 출발선에 서 있는 다른 사람들보다 조금 더 운동화끈을 꽉 조여 매는 효과적인 방법이 되는 것은 확실하다.

도, 나를 지원해줄 인적 네트워크가 있는 사람도 아니다. 이렇듯 평범한 학생이었지만 내가 더 나은 삶을 만들어가도록 한 것은 목표를 향한 열정이었다고 생각한다.

어떠한 대상에 대한 사랑과 감사는 열정을 낳는다. 내가 열심히 공부를 하게 된 시발점은 가족에 대한 사랑과 감사였고 내 가족은 내가 꿈을 대한민국 안에 가두지 않을 수 있도록 많은 도움을 주었다. 존 템플턴의 저서 『열정』도 그에 못지않은 큰 역할을 해주었다. 그의 주 무대였던 월스트리트는 세계 증시의 중심가이다. 뉴욕과 런던, 도쿄와 홍콩에서 생성되는 세계 증시의 흐름은 자연히 세계적인 투자회사들로 하여금 한국의 학생들을 잘 고용하지 않도록 만들고 있고, 세계적인 투자회사의 서울 오피스에 채용되는 한국의 명문 학교 출신들은 매년 서너 명도 채 되지 않는다.

나는 한국의 학생들도 훌륭한 영어 커뮤니케이션 능력과 학부 성적 그리고 인적 네트워크와 통찰력을 가지고 세계 무대에서 탁월한 산출물을 보일 수 있다는 것을 보여주고 싶었다. 한국에도 훌륭한 학생들이 많고 세계의 어느 나라 대학 출신들과 경쟁해도 훨씬 더 좋은 상품가치를 가질 수 있다는 것을 알려주고 싶었고, 단순한 코리언이 아닌 세계 무대에서 탁월한 능력을 증명하며 대한민국을 세계에 알릴 수 있는 슈퍼 코리언임을 보여주고 싶었다.

꿈을 향한 출발선에서 운동화끈을 조여라

나는 누구보다도 크고 멋진 꿈을 가지고 있었고 항상 무엇을 하든지 당당하고 자신감 있는 태도를 잃지 않았으며 그러한 내 꿈을 향해 달려나가는 나에게 가장 크게 작용했던 것은 무엇보다도 꿈을 향한 뜨거운 열정이었다. 그 무엇도 돌아보지 않고 모든 것을 쏟아 부을 수 있는 그 열정이 내가 가진 가장 큰 무기이자 당당히 말할 수 있는 나의 자랑거리이다. 연세대학과 UCLA 그리고 홍콩과 상하이에서의 소중한 경험은 그 과정에서 얻은 전리품일 뿐이다. 청소년들도 그러한 꿈에 대한 열정을 가지기 위해서는 목표설정이 반드시 선행되어야 한다. 이에 경제학, 경영학을 전공하고 싶은 학생들이 있다면 진로와 목표의 설정에 존 템플턴의 저서 『열정』은 큰 도움이 되리라 확신한다.

청소년기는 무엇을 이룰 수 있는 시기가 아니다. 인생이라는 긴 마라톤의 출발점에 서 있는 시기일 뿐이다. 다만 명확한 목표와 꿈의 설정은 청소년기 출발선에 서 있는 다른 사람들보다 조금 더 운동화끈을 꽉 조여 매는 데 효과적인 방법이 되는 것은 확실하다. 한국의 많은 청소년들과 마찬가지로 대학을 졸업한 나 자신도 내 꿈을 향한 시작도 하지 않았고 열정을 다 보여주지도 못했다. 나는 이제야 비로소 준비운동을 마치고 인생이라는 긴 마라톤의 출발선에 서 있으며 누구보다도 힘껏 멀리 비상할 준비를 마쳤을 뿐이다.

누구에게나 꿈이라는 것이 있을 것이고 항상 자신감을 잃지 않고 자신의 모든 열정을 쏟아붓는다면 그 꿈에 한 발짝 더 다가간 자신을 볼 수 있을 것이다.

『열정』

월스트리트의 살아 있는 전설, '영적인 투자가' 존 템플턴이 말하는 성공은 도덕적이며 인격적으로 위대한 성공이다. 성공하는 인생을 위한 덕목은 여러 가지가 있지만 열정이야말로 인간의 삶을 적극적으로 만들고 긍정적으로 바라볼 수 있게 한다. 존 템플턴은 가슴속에서 잠자고 있는 열정을 깨우라고 역설한다. 열정을 깨우는 바로 그때가 당신의 인생이 성공으로 돌아서는 터닝포인트가 되는 것이다.

나는 소중한 존재, 내 삶의 목적을 이끄는 데로 가라
릭 워렌 「목적이 이끄는 삶」

시간 매트릭스, 급한 일보다 중요한 일을 먼저 하라
스티븐 코비 「소중한 것을 먼저 하라」

인생의 연금술, 인내와 가혹한 시련 후에 얻는 열매의 달콤함
파울로 코엘료 「연금술사」

명심해, 너의 삶은 네가 만들어가는 거야
한비야 「지도 밖으로 행군하라」

체 게바라, 삶의 자세를 바꿔준 '작은 혁명'
장 코르미에 「체 게바라 평전」

항상 꿈을 꾸어라. 영혼은 꿈을 잃을 때 죽는다
전성철 「꿈꾸는 자는 멈추지 않는다」

여성스럽지 못하다고? 여성스러움은 여자만의 것이 아니다
너대니얼 호손 「주홍글씨」

붙잡을 수 있는 곳에 있는 희망, 나는 아직도 희망을 꿈꾼다
양귀자 「희망」

이 정도의 시련? 굳은 의지만 있으면 이겨낼 수 있다
오토다케 히로타다 「오체 불만족」

그 모든 고민들이 짜내는 내 인생 양탄자의 무늬
서머싯 몸 「인간의 굴레」

아무도 길을 알려주지 않을 때, 역사는 사막에서의 별이다
고우영 「십팔사략」

잘난 사람은 날 때부터 정해져 있다? 행복에는 의미 없는 유전자
데이비드 플로츠 「천재 공장」

좌절을 겪었던 역사 속 위인들, 그들의 패배가 매력적이다
볼프 슈나이더 「위대한 패배자」

내가
잘할 수 있는 것

내가 잘할 수 있는 것

나는 소중한 존재, 내 삶의 목적이 이끄는 데로 가라

릭 워렌 『목적이 이끄는 삶』

조성호(대구가톨릭대학교 의예과 2학년)

여러분은 삶 가운데 어떤 것이 가장 소중하다고 생각하는가? 사랑, 우정, 권력, 물질 등 사람마다 여러 가지 대답이 나올 것이다. 그러나 내가 생각하는 가장 중요한 것은 바로 꿈이다.

여러분은 오늘도 어제와 마찬가지로 책상에 앉아 공부를 하고 있을 것이다. 하고 싶은 것이 너무나도 많은데, 부모님과 선생님들은 늘 공부하라고 말한다. 여러분은 매일 같은 환경 속에서 같은 복장으로 같은 일상을 반복하고 있다. 그런데 여러분이 정말 공부하는 목적은 무엇인가?

3. 내가 잘할 수 있는 것

성적에 이끌린 진로 결정

나는 중학생 때 정말 열심히 공부했다. 시험에서 한 문제를 틀리면 억울해 잠을 못 이룰 정도로 공부에 많은 것을 걸었다. 친구들과 어울려서 노는 것도 최대한 자제했다. 공부한 만큼 성적은 만족스러웠다. 그렇게 내가 공부에 집중할 수 있었던 것은 바로 꿈이 있었기 때문이다.

중학생 때 꿈은 바로 '의사'였다. 성산 장기려 박사에 대한 전기를 읽게 되었고, 그분과 같이 가지지 못한 사회적 약자들을 위해 봉사하며 살고 싶다는 생각을 하게 되었다. 어떻게 보면 대다수 사람들이 어린 시절 가지고 있는 평범하고 소박한 꿈이라고 할 수 있었다. 하지만 의사라는 꿈, 이것은 내가 공부하는 이유가 되었고, 힘들고 지칠 때 나 스스로를 격려하고 다시 일어나게 하는 원동력이 되었다.

중학생 때 열심히 공부한 덕분에 고등학교는 특수목적고등학교에 진학할 수 있었다. 그런데 고등학교 시절은 중학생 때와는 많이 달랐다. 야간 자율학습 때문에 학교에 있어야 하는 시간은 자연스럽게 많아졌고, 내신보다 더 중요하다고 하는 '모의고사'라는 시험 때문에 시험 횟수는 중학교 때보다 많아졌다. 모의고사 성적표를 받고 나면 자연스럽게 '입시'라는 것을 체험할 수 있었고, 또한 '공부를 잘한다'는 학생들이 모였기 때문에 학교 내에서도 중학생 때보다는 저조한 성적을 받았다.

특히 모의고사를 보고 나면 세상은 매우 넓고, 공부 잘하는 학생은 너무나도 많다는 것을 느끼게 되었다. 그럴 때마다 답답하기도 하였고, 걱정스럽기도 하였다. 특히 고1 가을 무렵에 겪은 한 번의 시험 실패는 수학과 과학 공부의 부담이 많은 자연계열을 선택하지 못하게 내 자신을 가로막았다.

이러한 걱정은 나의 꿈까지도 단번에 잊게 하였다. 막연한 두려움에 내가 공부하는 이유도 기억할 수 없었다. 머릿속에서는 내가 의사가 되어 다른 사람들에게 사랑을 베푸는 삶이 아니라 명문대학이라는 '명예'가 더 중요하였다.

결국 나는 울며 겨자 먹기로 생각지도 않았던 인문계열을 선택하였다. 수학적 사고보다는 단순 암기를 더 좋아했기 때문에 어떻게 보면 더 잘한 선택이라고 스스로 위안을 삼았다.

2년의 세월을 돌아 찾아낸 내 삶의 목적

어느덧, 대한민국에서 가장 바쁘다는 고3이 되었다. 삶이 시계추같이 느껴졌다. 아침 일찍 집에서 나와 밤늦게 집에 돌아가는 일상이 반복되었고 모의고사도 유난히 자주 보는 것같이 느껴졌다. 너무 따분한 나날이 계속되었다. 특히 여름이 되자, 자연스럽게 공부의 효율은 떨어졌고, 성적도 원하는 만큼 나오지 않았다. 이러한 가운데 삶의 변화가 필요하다고 생각되었다. 우선 휴식이 필요했고, 내 마음을 안정시키고 동기유발을 할 수 있는 무언가가 필요했다. 이때 릭 워렌의 『목적이 이끄는 삶』을 읽게 되었다.

이 책은 우리가 세상에 존재하는 이유와 올바른 삶에 관한 고찰, 감사함 그리고 우리에게 주어진 사명의식을 알려주고 있다. 혹자는 종교적인 색채가 너무 강하다고 비판하기도 하지만, 종교를 떠나서 현재의 삶을 반성하게 하고 바람직한 삶의 자세를 제시해준다는 점에서 큰 의미가 있는 책이다.

이 책을 통해 먼저 내 자신이 정말 소중한 존재라는 사실을 다시 한 번 깨닫게 되었다. 『목적이 이끄는 삶』에서 저자는 "이 땅에 존재하는 우리들은 우연의 산물이 아니다"라고 말하는데 이는 내 자신이 얼마나 중요한지와 스스로를 존중해야 하는지를 알려준다. 이를 반대로 생각해보면, 다른 사람들도 매우 소중한 존재이고, 그들을 이해하고 사랑해야 한다는 말이 된다.

무엇보다도 이 책은 내 삶의 목적을 다시 한 번 생각하게 했다. 내가 왜 공부를 하고 있고, 어떤 삶을 살고 싶으며, 미래를 위해서 지금 어떤 노력을 하고 있는지 스스로 물어보았다. 진지하게 고민해보니 언제부턴가 맹목적인 삶을 살고 있다는 생각이 들었다. 삶의 목적이 좁은 관점에서는 명문대 진학이라는 명예 획득에 머물러 있었고, 이것을 설사 성취한다 하더라도 나에게 큰 만족과 기쁨을 주지 못할 것이라는 사실을 알게 되었다.

내가 정말로 원하던 삶. 그것은 아프고 약한 사람들을 돕고 보살 피는 헌신적인 삶이었다. 이러한 깨달음은 '입시'라는 현실 때문에 잃어버렸던 중학생 때 꿈을 늦게나마 되찾게 만들었다. 그런데 문 제가 있었다. 인문사회계열에서 자연계열에 속해 있는 의과대학에 진학하는 것은 현실적으로 매우 어려웠다. 그래도 내 목표를 찾은 것은 매우 감사한 일이었고, 열심히 노력하면 그 꿈은 이루어진다 는 사실을 나는 굳게 믿었다. 마치 2002년 월드컵에서 꿈은 이루어 진다는 신념으로 4강 신화라는 믿을 수 없는 결과를 만들어낸 것과 같이······.

물론 쉽지는 않았다. 목적이 있는 공부를 다시 시작하게 되었지 만 입시에서 실패를 맛본 것이다. 그러나 좌절하지는 않았다. 실패 를 통해 이전의 모습을 반성할 수 있었고, 확고해진 목표를 가지고 있었기 때문에 공부에 집중할 수 있었다. 뿐만 아니라 어려움 가운 데서도 감사하는 자세를 배웠다. 나에게 공부에 집중할 수 있는 건 강이 있고, 물심양면으로 말없이 격려해주는 부모님이 있으며, 꿈 을 향해 전진해나갈 수 있다는 사실이 정말 감사했다.

이듬해 다른 대학에 진학했다가 다시 한 번 도전하여 의과대학에 진학할 수 있었다. 입학한 지 1년여가 지난 요즘 가끔은 나태해지고 게을러지는 내 모습을 볼 때가 있다. 그럴 때마다 처음 품었던 그 꿈을 기억해 내 자신을 추스르고 독려하고 있다.

내 삶의 목적, 즉 꿈을 제대로 찾지 못해서 남들보다 2년의 세월을 더 보냈다. 물론 2년의 시간은 새로운 경험을 하면서 내 자신이 성장하는 귀한 시간이었다. 그러나 '꿈을 미리 기억했더라면 이렇게까지 돌아오지는 않았을 것'이라는 아쉬움이 남는 것도 사실이다.

여러분은 확고한 꿈을 갖고 있기를 바란다. 어릴 때부터 '내가 하고 싶은 것은 무엇이고, 내가 살고 싶은 삶은 어떠한 삶이고, 그 꿈을 위해 어떻게 노력해야 하는가?'에 대한 해답을 찾았으면 한다. 『목적이 이끄는 삶』에서 저자는 신은 우리 모두에게 적어도 한 가지 이상의 뛰어난 능력을 주었다고 말하고 있다. 이는 여러분 모두가 꿈을 이룰 수 있는 뛰어난 잠재력을 가지고 있음을 뜻한다. 꿈을 찾고, 그것을 위해 노력하고 인내한다면 반드시 이루어지는 날이 온다는 사실을 기억했으면 좋겠다.

또 부모님께 효도했으면 한다. 부모님이 있기에 여러분이 이 땅에 존재할 수 있었고 부모님이 보호해주기에 편안하게 생활할 수 있다. 이런 은혜에 항상 감사할 수 있는 자녀가 되기를 바란다. 간혹 부모님과 마찰이 있을 수도 있다. 그럴 때에는 역지사지의 자세로 부모님 입장에서 그들을 이해하고, 부모님 말씀을 존중하고 공경할 줄 아는 예의바른 사람이 되었으면 한다.

마지막으로 여러분 자신이 매우 소중한 존재라는 사실을 기억했으면 좋겠다. 자신은 잘하는 것이 아무것도 없고 쓸모없는 존재라고 생각되는 때가 있을지도 모르겠다. 하지만 여러분 한 사람 한 사람은 이 세상에 하나뿐인 존재이고 앞에서 말했듯이 뛰어난 잠재력을 지닌 능력자들이다. 즉 사랑받아 마땅한 존재이다. 자신을 존중하고 자신을 사랑하는 여러분이 되었으면 한다. 오늘도 꿈을 향해 전진해나가는 귀한 하루를 맞이하길 진심으로 바란다.

『목적이 이끄는 삶』

릭 워렌은 우리가 하느님에 의해, 하느님을 위해 창조되었다는 사실을 깨닫지 못한다면 삶의 의미를 발견할 수 없다고 말한다. 이 책은 40일간의 영적인 여행을 통해 왜 우리가 이 땅에 존재하는가에 답하고 있다. 우리를 만드신 하느님의 목적을 알게 되면 스트레스를 덜 받게 되고, 삶의 활력을 되찾게 되며, 해야 할 일을 쉽게 결정하게 되고, 삶의 의미를 발견하게 되며, 무엇보다도 가장 중요한 영원을 준비할 수 있게 된다고 릭 워렌은 말하고 있다.

3. 내가 잘할 수 있는 것

시간 매트릭스,
급한 일보다 중요한 일을 먼저 하라

스티븐 코비 『소중한 것을 먼저 하라』

송혜영(이화여자대학교 중어중문학과 졸업)

　　학창시절 가장 중요한 것은 시간 관리였다. 내신과 수능 준비를 동시에 해야 했고, 주말에는 가끔 친구들이나 선배들도 만나서 머리도 식히고, 조언을 들어야 했다. 또 평생 함께해야 할 가족들과의 행사에 매번 공부를 핑계로 빠질 수도 없는 일이었다. 가족, 친지들과의 관계 역시 중요하기 때문이다.

실행하지 못한 수많은 계획들

고등학교 때 계획은 자세하고 세분화할수록 좋다는 말을 듣고, 처음 학업 계획을 세울 때는 하루 단위, 더 세분하여 15분~1시간 단위로 계획을 세웠다. 내가 중·고등학교를 다닐 때는 프랭클린 다이어리 등 요즘처럼 계획을 세우기 쉽게 쓸 수 있는 다이어리는 흔치 않았다. 큼지막한 다이어리를 하나 구입하여 일일이 시간을 적어가며 잠자기 전에 다음날 계획을 세우곤 했다.

하지만 다음날 한 시간의 계획이라도 실행하지 못하면 그날 계획은 엉망이 되어버리고, 그날 끝내야 할 일이 내일로 미뤄지기 십상이었다. 그러면 결국 공부할 양이 쌓이게 되고 목표치를 달성하지 못하게 되었다.

간혹 그 주말에 친구들과의 약속이 있다면, 평일에 하지 못했던 일들 때문에 약속을 한두 번 미루게 되어 만나지 못할 때도 있었다. 억지로 시간을 내어 친구들을 만났다고 해도 얼른 집에 가서 해야 할 일들 때문에 그 시간을 친구들과 나와의 진정한 시간으로 쓰지 못하는 경우도 있었다. 그러면 왠지 친구들을 만나는 것이 시간 낭비처럼 느껴지게 되고, 그래서 친구들과의 약속을 미뤘을 때 약속을 지키지 못했다는 생각과 그로 인해 나에 대한 신뢰감이 떨어졌겠지 하는 생각들이 나를 괴롭혔다. 제 시간에 끝내지 못했던 한 시간의 공부 때문에 할 일은 쌓이고, 친구들과의 어긋난 약속, 나에 대한 자책감만 늘어난 것이다.

그런 일이 있은 후에는 으레 계획을 세우면서 이번에는 꼭 실천하자는 다짐을 했다. 책상 위나 다이어리에 좋은 명언들을 적으면서 말이다. 하지만 우리의 생활에는 많은 변수가 있고, 강했던 의지도 며칠만 지나면 약해지기 마련이다.

수학 문제집을 푸는 데, 영어 듣기를 복습하는 데 예상 외로 시간이 많이 걸려서, 혹은 무리한 계획으로 인해서 다이어리를 빼곡히 채웠던 계획을 100% 완벽하게 실행하기란 항상 어려웠다. 중간고사나 기말고사를 앞두고 최소한 세 번은 보자고 했던 것이 두 번밖에 보지 못하게 되고, 그래서 만족스럽지 못한 시험 결과가 나오면 '계획을 너무 무리하게 세운 건 아닌지, 시간 배분을 효율적으로 잘했는지, 자투리 시간까지도 잘 활용했는지' 그런 것들은 따져보지 않고 단순히 계획을 실천하지 못한 사실만을 생각하고 의지가 약하다며 또 자기 자신을 괴롭히는 것이다. 그리고는 그날 밤 또다시 전과 같은 계획들을 적어나가면서 이번에는 할 수 있을 거라고 굳게 믿어버린다.

이러한 악순환이 계속되고 도대체 어떻게 하면 계획한 일들을 제 시간에 끝내고 목표량을 달성할 수 있을지 고민하던 때, 지인의 소개로 스티븐 코비의 『소중한 것을 먼저 하라』라는 책을 읽게 되었다.

처음 이 책을 접했을 때는 단순히 계획을 잘 세우고 시간 관리를 잘 하라는 일반 자기계발 서적과 비슷하겠거니 하며 특별한 기대감 없이 읽어 내려갔다. 하지만 제1부「시간과 나침반」의 '시간 매트릭스'에 따른 계획 세우기를 보고 여태까지 왜 그렇게 계획을 세우고 시간 낭비를 하지 않았다고 생각했는데도 마음먹은 대로 일이 되지 않았는지 알 수 있었다. 바로 긴급성 중독에 빠져 있었던 것이다.

계획이 흐트러지면 언제나 중요한 일보다는 급한 일을 중요한 일로 생각하고 처리했던 것이다. 예를 들면 매일 30분씩 독서를 하기로 했는데 미리 끝내지 못한 학교 과제가 있다고 치자. 이때 길게 보면 독서가 더 중요한 일임에도 불구하고 데드라인으로 인하여 과제를 더 중요한 것으로 여기고 독서를 할 시간에 급하게 과제를 한다는 것이다. 이러한 일들이 반복되면 인생에 있어서 중요한 일들, 즉 독서나 취미 활동과 같은 자기계발 활동이나 인간관계, 가족관계 구축을 위한 것들을 하지 못하고, 매번 긴급성 중독에 빠져 마감에 쫓기는 수행평가나 숙제 등으로 하루하루를 보내게 되는 것이다.

그럼 그러한 생활을 하지 않기 위해서 어떻게 해야 하는가? 이 책에서는 긴급성과 중요성을 기준으로 하여 네 부분으로 나눈 시간 매트릭스를 보여주고 있다. 제1상한은 긴급한 동시에 중요한 것-당동아리를 통해 다양한 사람들을 만나면서 삶에 대해 다양한 방향으로 생각해볼 수 있었고, 그들과의 유익한 활동들은 내 삶에 더욱 힘을 불어넣고 학업의 동기부여가 되었다. 2005년 중국 어학 연수 시절에는 '우수 학생'으로 선정되기도 하였다. 아르바이트와 학업을 병행하면서도 일주일에 한 권 이상의 책을 읽을 수 있는 까닭은 바로 시간 매트릭스에 따른 시간 관리 덕분이다.

장 처리해야 할 일이나, 오늘 마감인 과제들–이다. 제2상한은 중요하지만 긴급하지 않은 활동–인생의 목표 설정, 독서, 지인들과의 정기적인 모임–들이 있다. 제3상한은 긴급하지만 중요하지 않은 것으로, 걸려오는 많은 전화나 불쑥 약속을 잡는 것 등 나 자신보다는 다른 사람들에게 더 중요한 것들이다. 마지막으로 제4상한에는 긴급하지도 않고 중요하지도 않은 스팸 메일 삭제하기, 습관적인 오락이나 TV 시청 등 우리 생활에 도움보다는 시간 낭비를 하게 하는 활동들이 포함되어 있다.

나의 활동들을 시간 매트릭스에 세세하게 적어보면서 과연 어디서 시간 낭비가 되었는지 한 번쯤 점검해보는 것이 시간 계획을 짜는 데 많은 도움을 줄 것이다. 제3상한과 4상한에 있는 일들에 소비하는 시간을 줄여 제1상한과 2상한에 많은 시간을 쓰도록 해야 한다. 특히 제2상한에 많은 시간을 쓴다면, 즉 큰 과제가 있을 때 조금 더 시간을 내어 확실하게 계획을 짜고 미리 준비한다면 다급해져서 성급히 과제를 마무리해야 하는 제1상한에 쓰는 시간이 줄어들 것이고, 결과는 더욱 좋아질 것이다.

이러한 시간 관리 습관은 대학에 입학해서도 많은 활동들을 할 수 있게 해주었다. 세 개의 동아리 활동을 하면서도 철저한 시간 계획으로 평균 이상의 성적을 유지할 수 있었다. 동아리를 통해 다양한 사람들을 만나면서 삶에 대해 다양한 방향으로 생각해볼 수 있었고, 그들과의 유익한 활동들은 내 삶에 더욱 힘을 불어넣고 학업의 동기부여가 되었다. 2005년 중국 어학연수 시절에는 '우수 학생'으로 선정되기도 하였다. 아르바이트와 학업을 병행하면서도 일주일에 한 권 이상의 책을 읽을 수 있는 까닭은 바로 시간 매트릭스에 따른 시간 관리 덕분이다.

『소중한 것을 먼저 하라』

세계적으로 존경받은 리더십 권위자, 가족공동체 전문가, 교사, 조직 컨설턴트, 저술가인 스티븐 코비의 혁신적인 시간 관리서로 새로운 개념의 시간 관리 방법을 소개하고 있다.
세상 모든 사람들에게 주어지는 24시간을 어떻게 활용하느냐에 따라 인생이 바뀔 수 있다. 그런 의미에서 이 책은 항상 시간에 쫓기는 사람이나 쓸데없는 일에 시간을 허비하고 있는 사람들에게 좋은 지침서가 될 것이다.

인생의 연금술,
인내와 가혹한 시련 후에 얻는
열매의 달콤함

파울로 코엘료 『연금술사』

김동건(서울대학교 중어중문학과 1학년)

한창 태양이 뜨겁게 운동장을 달구고, 매미가 시끄럽게 등나무 사이사이에 매달려 울던 3년 전 8월의 마지막 날. 집에 돌아와 보니 책상 위에 낯선 한 권의 책이 놓여 있었다. 당시 수능을 코앞에 둔 3학년 2학기를 맞으며 '생일을 어떻게 보낼까?' 하는 고민은 사치로 여겨지고, 평소와 같이 펜을 들고 책상 위에 쌓여 있는 책들에 밑줄을 그어야 할 것 같았는데 말이다.

딱 하루면, 아니 몇 시간이면 읽을 수 있다는 확신이 드는 『연금술사』라는 책 속에는 '생일 축하'라는 어머니의 짤막한 메모가 들어 있었다. 나는 첫 장을 넘기기 시작했다.

세상에서 가장 힘든 시험, 자기와의 싸움

『연금술사』라는 책을 읽다 보면, 주인공 산티아고가 "인생을 살
맛나게 하는 건 꿈이 실현될 거라고 믿는 것이지"라고 혼자 중얼거
리는 장면이 나온다. 우리는 항상 꿈을 품고 살아간다. 무언가를 얻
고 싶고, 가지고 싶다는 '욕망' 이라는 것부터, 유치원 때부터 초등
학교, 중·고등학교 등등을 거치면서 생활기록부에 꼭 적어야만 했
던 '장래 희망' 이라는 것까지 말이다. 그러한 꿈을 이루고 나서의
만족감과 때로는 이루지 못하고 나서 밀려오는 실망감과 씁쓸함에
마음 한켠이 쓰린 적도 있었을 것이다.

나의 어렸을 적 경험으로는 용돈을 모아 자전거를 샀을 때나 받
아쓰기에서 100점을 받았을 때 성취감을 느꼈고, 특목고 입시에서
실패했을 때나 노력한 만큼 중간고사나 기말고사 성적이 제대로 나
오지 않았을 때 실망을 했다. 하지만 초·중·고 시절을 다 합쳐
12년이라는 시간은 결국 '대학 진학' 이라는 꿈을 실현하기 위한 단
계들이 아니었을까.

학창시절에 겪었던 나의 가장 큰 고민은 앞에서도 말했듯이 어떻
게 하면 '대학 입시' 라는 관문을 멋지게 통과할 수 있을까, 라는 것

이었다. 나는 그 당시 대학이 우리가 성공하기 위한 최적의 전제조건일 수는 없지만, 기어 올라가기도 힘든 절벽과 같은 장애물을 뛰어넘은 선배들과 친구들, 그리고 그런 우리를 가르치는 교수님들이 우리에게 신선한 지적 자극을 줄 것이라는 일념을 가지고 있다면 충분히 노력할 가치가 있을 것이라고 생각했다. 사실 대학이라는 공간은 자율적으로 행동해야 하기 때문에 가르침을 받는 곳이기보다는 스스로 가르침을 찾아야 하는 공간이지만, 그때의 내 생각이 완전히 틀린 것만은 아닌 것 같다. 내가 이런 이야기를 하는 이유는 소위 일류 대학 나와도 돈도 못 벌고 성공 못하는 사람들도 많다, 대학 못 나와도 충분히 성공할 수 있다, 등등의 이야기에 휩쓸려 '대학 진학'이라는 꿈을 쉽사리 포기하지 말라고 충고해주고 싶기 때문이다.

주인공 산티아고가 같은 꿈을 반복해 꾸고 나서 찾아 나서는 '보물'은 어쩌면 인생에서 인내와 가혹한 시련 후에 얻는 열매의 달콤함일지도 모른다. 우리는 사는 동안 매번 시험을 치르고 있다. 학교에서 치는 중간고사나 기말고사 혹은 학원에서 보는 쪽지시험뿐만 아니라 컴퓨터 게임이나 만화책, 잠의 유혹과의 싸움도 일종의 시험일 것이다. 그리고 우리가 스스로 결정해놓은 목표와 계획에 얼마나 충실했으며 숨쉬고 있는 지금까지 과연 스스로에게 최선을 다했는가하는 반성적인 성찰 또한 자신을 끊임없이 채찍질하는 시험의 일종이다. 우리는 자의 혹은 타의에 의해 항상 시험을 치르고 있

3. 내가 잘할 수 있는 것

는 상태인 것이다. 내가 생각하기에는 세상에서 가장 힘든 시험은 자기와의 싸움에서 이기는 것이다. 그 시험을 통과한 사람만이 세상이 던져주는 인내와 시련이라는 시간을 버텨내고 열매의 단맛을 느낄 수 있는 것이 아닐까.

산티아고는 자신만의 '보물'을 찾기 위한 여정 중에 수많은 갈등을 하고, 고뇌와 인고의 시간을 겪는다. '자아의 신화'를 이루려고 여행을 시작한 자신이 과연 옳은지, 안락한 양치기의 삶을 누릴 수 있음에도 자신의 고향을 떠나 아프리카의 사막으로 고된 여행을 떠나야 하는 건지 갈등을 했다. 또한 여행 중에 자신을 시험하려는 사막의 전사들과 보물을 찾아내기 직전에 만난 강도들까지 자신의 결정을 후회하게 만드는 것들이 많았음에도, 그는 자신과의 싸움에서 이기고 나서 자신의 보물을 찾게 된다. 여기서 간과하지 말아야 할 점은 살면서 우리가 자신의 결정에 대해서 후회를 하거나 갈등을 겪는 것은 어쩔 수가 없지만, 자신의 결정이 꿈과 맞닿아 있는 한 절대로 포기해서는 안 된다는 것이다.

산티아고가 여행 중에 만난 연금술사는 이렇게 충고한다. "무언가를 찾아나서는 도전은 언제나 초심자의 행운으로 시작되고, 반드시 가혹한 시험으로 끝을 맺는 것이네." 작심삼일이라는 한자성어가 나온 것도 결심을 하고 난 후에 찾아오는 유혹의 손길에 못 이겨 포기하는 사람들이 많기 때문이다. 나 자신의 결정을 끝까지 따라야 함은 삶을 사는 동안 꿈을 이루기 위한 가장 중요한 자세이다.

정말 좋은 대학에 가서 좋은 친구들을 만나고 좋은 선생님의 지도 아래에서 공부하고 싶다고 마음을 먹었다면 간절히 원해라. 학창시절 나는 진심으로 그것을 바랐고, 그렇게 되길 꿈꿨다. 책상에 앉아서 쌓여 있는 교과서에 밑줄을 긋고, 문제집에 동그라미 표시를 하거나 가위 표시를 하고, 오답 노트를 만드는 일만큼 힘든 일도 없다. 나 역시 내가 공부하고 싶은 분야도 아닌 수능을 위한, 입시를 위한 공부만큼 따분한 일도 없었다.

배움은 학생의 본분이라지만 밤 10시가 넘도록 학교에서 엉덩이가 뜨거워질 때까지 의자에 앉아 있는 것만큼 지치는 일도 없다는 것을 이미 고등학교를 졸업한 선배로서 모를 리가 없다. 하지만 간절히 원한다면 이 모든 것을 감내해야 한다. 나를 향한 어떤 유혹도 강렬한 소망 앞에서는 뒤로 물러나게 되어 있다. 여기서 나는 산티아고가 여행을 떠나는 데 가장 결정적인 역할을 하는 살렘의 왕, 엘키세덱의 말을 인용하고 싶다.

"자네가 무언가를 간절히 원할 때 온 우주는 자네의 소망이 실현되도록 도와준다네."

내가 이 책을 후배 여러분에게 추천하고 싶은 이유는 꿈을 향한 험난하고 긴 여정을 시작하는 산티아고와 '대학 진학'이라는 목표를 내걸고 학창시절을 보낸 나의 모습이 많이 닮아 있기 때문이다.

또한 무엇보다도 꿈을 가진 이상 그 꿈을 포기해서도 안 되고, 그 꿈을 향해 투철하게 달려갈 수 있는 끈기를 내게 가르쳐준 책이기도 하기 때문이다.

천편일률적으로 성공 방법을 설명해주는 책보다는 비유와 상징을 통해 더 큰 깨달음을 암시하는 한 편의 동화 같은 소설이 더 좋다고 생각한다. 산티아고의 여정을 따라가면서 여러분이 여러분의 상황에 걸맞는 깨달음을 각자 얻어갔으면 하는 바람이다.

내 좌우명은 어떤 책의 제목에서 따온 것인데, '죽을 만큼 원하는가, 그러면 해낼 수 있다'이다. 여러분이 간절히 원하는 소망이 있다면 어떠한 유혹에도, 험난한 시험에도 굴복하지 않을 수 있다. 긍정적인 사고방식을 가지고 자신의 미래를 위해 노력하는 여러분에게 박수를 보내며, 이 글을 마친다.

『연금술사』

브라질 작가 코엘료의 이름을 세상에 알려준 그의 대표작이다. 평범한 양치기 청년 산티아고는 마음의 속삭임에 귀를 열고 자신의 보물을 찾으러 길을 떠난다. 집시여인, 늙은 왕, 도둑, 화학자, 낙타몰이꾼, 아름다운 연인 파티마, 절대적인 사막의 침묵과 죽음의 위협 그리고 마침내 연금술사를 만나 자신의 보물을 찾기까지, 지난한 연금술의 여정을 통해 그는 만물과 대화하는 하나의 언어를 이해하며 마침내 영혼의 연금술사가 된다.

명심해,
너의 삶은 네가 만들어가는 거야
한비야『지도 밖으로 행군하라』

정수양(서울대학교 법학과 3학년)

내가 고등학교 2학년을 막 시작하던 때였다. 내가 다녔던 고등학교는 새 학년이 시작되면 '가정환경조사서'를 작성했는데, 조사서 한 구석에는 학생의 장래 희망을 적는 칸이 있었다. 그 란에는 학생과 학부모가 생각하는 장래 희망을 적도록 되어 있었는데, 그 전까지 나와 부모님이 생각하던 나의 장래 희망은 언제나 '정치인'이었다. 집에 돌아와서 '가정환경조사서'를 작성했다. 매년 썼던 내용이라 작성하는 데 시간이 그리 오래 걸리지는 않았다. 그런데 이상하게도 학생의 장래 희망을 적는 데서 오랫 동안 펜이 움직이지 않았다. 도무지 '정치인'이라고 적을 수 없었기 때문이다.

아무것도 모르던 시절, 어른들 앞에서 정치인이 되겠다고 말한 이후로 다른 사람들이 얘기하는 나의 꿈은 언제나 '정치인'이었다. 그러나 나는 '정치인'이 되고 싶지 않았다. 나는 평범하게 인적 드문 산골에서 조용히 목장을 하고 싶었다. 그러나 아무에게도 나의 꿈을 얘기하지 못했다. 누군가가 내 얘기를 듣고 피식 웃어버릴 것 같아서, 꿈이 없는 녀석이라고 손가락질할 것 같아서 두려웠기 때문이다.

그날, 나는 장래 희망을 적는 칸에 목장을 하면서 살고 싶다고 적었다. 그리고 부모님께 보여드렸다. 내가 적은 가정환경조사서를 보시고 아버지는 한동안 말이 없었고, 부엌에서 집안일을 하시던 어머니는 쓴 웃음을 지었다.

자신의 선택을 두려워 마라

부모님이 내게 보여준 한숨과 쓴 웃음의 의미를 이해하고, 나는 그날 밤 잠을 제대로 잘 수 없었다. 나는 정치인이 되는 것보다 목장을 하면서 사는 게 스스로에게 진정 행복한 길이라고 부모님께 얘기했다. 그러나 나는 부모님에게 도리어 '꿈도 없는 녀석'이라는 소리를 들어야만 했다. 나는 목장을 경영하며 살고 싶었다. 다른 사람들이 어떻게 생각하든지 그게 나의 꿈이었다. 그러나 다른 사람들이 나의 꿈을 마음대로 평가하고 비웃을 때, 나는 무너질 수밖에 없었다. 꿈에 대한 스스로의 확신이 없었고, 타인의 시선과 편견도 두려웠다. 다음날 학교에 가져간 '가정환경조사서'에 적힌 내 장래 희망은 여전히 '정치인'이었다. 그렇게 내 장래 희망의 일일 천하는 끝났다.

중·고등학교 시절, 학생들은 미래에 대한 꿈을 갖는다. 각자 살아온 인생의 길이 다양하듯이, 학생들이 생각하는 꿈의 방향도 다양하다. 학생들에게 무엇이 되고 싶은지 물으면, 어떤 학생은 기업가가 되고 싶다고 하고, 또 어떤 학생은 공무원이 되고 싶다고 한다. 그리고 어떤 학생은 버스 운전사가 되고 싶다고 한다.

대부분 사람들은 기업가나 공무원이 되겠다는 친구들에게는 온갖 칭찬을 하며, 실제로 기업가나 공무원이 된 것처럼 기뻐한다. 그러나 버스 운전사가 되겠다는 친구에게 칭찬을 하는 사람들은 보지 못했다. 대부분의 사람들은 타인이 갖는 꿈의 크기를 자신의 기준에 맞춰 평가하려고 한다. 무엇을 하든, 어디에 있든 삶 속에서 정직하고 행복하게 사는 꿈을 꾼다면, 그 꿈은 아름답다.

그러나 대부분은 이 사실을 쉽게 지나친다. 이 때문에 내가 그랬던 것처럼 마음의 상처를 받는 친구들을 주위에서 많이 보았다. 우리는 인생의 고비에서 다른 사람의 조언을 듣고 새로운 인생을 살게 되었다는 이들을 주위에서 많이 본다. 그러나 인생을 살아가는 동안, 자신의 선택을 통해 꿈을 찾아가야 할 때도 있다. 행복하고 싶다면 자신의 선택을 두려워하지 말아야 할 때도 있어야 한다는 말이다.

내 가슴을 뛰게 하고 내 피를 끓게 만드는 일

내가 고등학교 3학년일 때 『지도 밖으로 행군하라』라는 책이 출간되었다. 잘 나가던 직장을 그만두고, 어린 시절 꿈을 이루기 위해 세계 일주를 하고 책을 써서 인기 작가가 된 저자, 한비야는 2001년 긴급 구호활동을 시작한다. 세계 일주를 마치고 국제 구호단체에서 난민을 돕고 싶다는 막연한 생각을 했던 그녀에게 기회가 찾아온다. 어느 날, 긴급 구호단체로부터 함께 활동하자고 연락이 왔고, 직접 현장을 다녀온 그녀는 이후 본격적인 긴급 구호활동의 길로 들어선다. 그녀는 책에서 자신이 긴급구호를 하게 된 결정적인 이유를 자신이 만난 케냐인 의사를 통해서 얘기한다.

"이 일이 내 가슴을 뛰게 하고, 내 피를 끓게 만들기 때문이죠."

그녀가 잘 나가던 직장을 그만두고 걸어서 세계여행을 시작했을 때, 그리고 목숨을 건 긴급 구호활동을 시작했을 때, 그녀를 이끈 힘은 자신이 원하는 일에 대한 꿈이었다. 타인의 시선이 두려웠다면, 안락한 현재를 잃을까봐 두려웠다면 그녀는 지금의 '한비야'가 아닌, 수많은 직장인 중의 한 사람에 불과했을 것이다. 나는 내 꿈을 찾아가는 길에서 주저했고, 다른 사람들에게 내가 가야 할 길을 물었다. 그때 조금만 인생을 주체적으로 살았다면, 내가 진정 하고 싶은 일을 알고 선택했다면, 현재 내 인생의 방향은 180도 달라졌을 것이다. 그녀의 꿈과 열정이 부러운 까닭이다. 그녀의 책을 읽으며, 나는 진정으로 자신이 하고 싶은 일을 하는 사람의 열정과 행복을 느낄 수 있었다. 그녀는 책에서 이렇게 말한다.

"제발 단 한 번만이라도 자신의 가슴을 뛰게 하는 일이 무엇인지, 진지하게 생각해보라고 권하고 싶다."

나중에 무엇을 해야 할지 몰라 방황하는 친구, '타인이 원하는 꿈'과 '자신이 원하는 꿈' 사이에서 갈등하는 친구, 자신이 하고 싶은 일을 하면서 행복을 느끼는 사람을 만나고 싶은 친구가 있다면 그들에게 이 책을 권한다.

『지도 밖으로 행군하라』

한비야는 국제홍보회사에서 근무하다 사표를 던지고 여행길에 올랐다. 그 후 7년간 세계 오지를 여행한 경험 덕분에 오지 여행가로 더 널리 알려졌다. 이 책은 한비야가 들려주는 긴급 구호현장의 이야기. 고통받고 외면당하고 끝없이 죽음과 사투를 벌이는 곳의 이야기를 담고 있다. 한비야는 우리 서로가 경쟁의 대상이 아니라 사랑해야 할 대상, 가진 것을 나누는 대상이라는 점을 일깨운다. 그리고 잊혀진 현장, 버려진 사람들까지 보듬어 안을 수 있을 때 전 세계와 진정으로 '지구촌 한 가족'이 될 수 있다는 것을 깨닫게 해준다.

체 게바라,
삶의 자세를 바꿔준 '작은 혁명'

장 코르미에 『체 게바라 평전』

손국희(연세대학교 불어불문학과 3학년)

"제 의지가 무뎌진 다리와 지친 폐를 지탱해 줄 것으로 믿습니다.
저는 마지막까지 나아가겠습니다."

1965년, 체 게바라가 부모님에게 건넨 편지에 적혀 있는 말이다.
하지만 그의 열정적인 삶에 비해 입시에 직면한 내 고등학교 생활
은 살아 숨쉬지 못했다. 정해진 일정에 따라 매일같이 반복되는 패
턴이 지루하기도 했지만, 그 지루함 속에서도 제대로 된 무언가를
얻기 위한 노력이 부족했다.

힘든 생활 속에서도 나름대로의 소중한 추억들과 함께 주변의 친

구들은 내게 큰 힘이 되어 주었지만, 언제부터인가 나의 고등학교 생활은 정착하지 못하고 붕 뜬 듯한 느낌이었다.

책을 통해 만난 순수한 열정

지금처럼 그때도 나는 언론인이 되고 싶었다. 수동적으로 머무르지 않고 사회 현장에 직접 달려가 객관적이고 비판적인 목소리를 낼 수 있다는 게 매력적이었다. 멋진 기자로 일하는 나의 모습을 수없이 상상했다. 대학에 입학하고 나면 대학 신문사에서 학생기자로 일하며 언론인의 꿈을 키워가고 싶었다. 그러나 꿈만 있을 뿐 그것을 현실로 끄집어내기 위한 노력은 별로 치열하게 하지 못했던 것 같다.

당장 눈앞에 놓인 대학 입시부터가 그랬다. 원하는 대학에 들어가려면 전국 몇 퍼센트 안에는 들어야 한다든지, 그러기 위해서는 어떤 성적을 얻어야 하고, 어떻게 공부해야 하는지 주변에서 들려오는 말은 많았지만 긴박하게 다가오지 않았다. 아니, 내가 일부러 그 긴박함을 회피했는지도 모른다.

이러한 상황 속에서 나태함과 안이함은 커져만 갔고 결국 추상적인 불안감으로 압박을 받았다. 학업에 스트레스를 받는 학생들이 그러하듯 부모님에게 괜히 짜증을 부리기도 했다. 그것은 내가 학업이나 학교생활에서 스스로 만족하지 못하고 있다는 방증이었다. 또한 아직 내 인생을 스스로 책임지려는 자세를 갖지 못하고 있음을 보여주는 것이기도 했다. 솔직히 말해 어린애 티를 벗지 못했다. 나 스스로 목표의식을 가지고 꿈을 향해 나아가기는커녕 부모님이나 다른 무언가에 기대려고 했기 때문이다. 전반적으로 자세와 태도에 문제가 있었다.

그런 내가 『체 게바라 평전』을 만난 날을 아직도 생생하게 기억한다. 교문을 나서서 이름 모르는 아름다운 꽃들이 피어 있는 길을 걸어 집까지 오는 길은 지금 생각해보면 상당히 운치가 있었다. 하지만 그런 것들을 돌아볼 여유도 없이 피곤한 몸을 이끌고 돌아온 내 방의 책상 위에는 어머니가 사준 붉은색 표지의 『체 게바라 평전』이 놓여 있었다.

『체 게바라 평전』은 〈파리지앵〉의 기자인 장 코르미에가 쓴 혁명가 체 게바라의 생생한 삶의 기록이다. 체 게바라가 게릴라 활동을 하면서 적어놓은 일기도 수록되어 있다. 책을 통해 만난 체 게바라의 순수한 열정은 나에게 삶의 자세를 바꾸어줄 가슴 벅찬 동기로 다가왔다.

강인한 혁명투사의 이미지와는 달리 체는 천식으로 며칠 밤을 지새울 정도로 몸이 허약했다. 천식은 체 게바라의 운명과 떼어놓을 수 없었다. 하지만 역설적이게도 그의 천식은 오히려 남들보다 몇 배는 농축된 삶을 살게 만들었다. 그는 천식의 고통 때문에 밤잠을 못 이룰 때면 작은 램프를 켜놓고 숨을 몰아쉬며 여러 권의 책을 읽곤 했다. 또한 살 날이 얼마 안 남은 사람처럼 삶의 매 순간을 치열하게 보냈다.『체 게바라 평전』을 읽으며 나는 부끄러웠다. 머리가 조금 아프거나 컨디션이 나쁘다는 핑계로 학업을 소홀히 했던 내가 아니었던가.

의대생이었던 체는 기말시험을 마치고 오토바이 하나에 의지해 여행을 시작한다. 단순히 이곳저곳 돌아다니며 구경하는 관광과는 차원이 달랐다. 그 여행은 체 게바라라는 혁명가로 거듭나게 해준 시발점이었다. 그는 추키카마타 광산에서 억압받는 기층민의 실상을 목격했다. 마추피추의 장엄한 위용에 감탄했고, 산 파블로의 나환자 마을에서 삶을 박탈당한 기층민들에 대한 애정을 느꼈다. 그때 그의 나이가 스물세 살이었다.

책은 이 여행을 기점으로 자신의 모든 기득권을 내버리고 혁명 전선에 뛰어든 체 게바라의 모습을 보여준다. 멋진 의사 가운과 메스 대신에 베레모를 쓰고 낡은 군복을 입은 체는 게릴라 군을 이끌고 산타클라라 전투를 승리로 이끈다. 쿠바 혁명이 성공한 뒤에도 안주하지 않는다. 체 게바라는 공산권과 제3세계를 돌며 제국주의와 식민주의에 반대하는 외교 활동을 벌인다. 그러다 홀연히 장관 직마저 내던지고 아프리카 콩고로 가 콩고 혁명을 위해 투신한다. 그는 돈키호테처럼 다소 무모하더라도 끊임없이 전진하던 인물이었다. 그에게 있어 나태와 안이는 상상하기 힘든 단어였다.

『체 게바라 평전』은 문학적 미사여구나 탄탄한 구성보다는 뜨거웠던 한 인간의 삶을 생생하게 보여준다는 데 의미가 있다. 나는 책을 통해 삶의 주체적인 주인이 된다는 게 무엇인지를 배웠다. 신념을 포기하지 않고 꿈을 향해 달려갔던 체 게바라를 보고 그동안 나의 모습을 반성할 수 있었다.

『체 게바라 평전』을 읽고 나서 예전처럼 어린애처럼 굴기란 상상하기 힘든 일이었다. 체 게바라의 모습이 눈앞에서 아른거리는데 어떻게 예전처럼 행동할 수 있었겠는가. 이후 내 삶은 많이 달라졌다. 수많은 민중의 삶을 뒤바꿔놓았던 체 게바라의 혁명과는 감히 비교할 수 없겠지만, 적어도 나 자신에게 있어서만은 삶의 자세를 바꿔준 '작은 혁명'이 일어났다.

학창시절에 나를 감쌌던 추상적인 불안감도 없어지고 목표의식도 분명해졌다. 게으름을 버리고 보다 명확하게 현실을 직시할 수 있었다. "리얼리스트가 되자, 그러나 가슴속에 불가능한 꿈을 지니자"라는 체 게바라의 명언에서 나는 '리얼리스트'에 눈이 갔다. 나에게 부족한 것은 꿈이 아니라 현실을 직시하고 직접 행동하는 추진력이었기 때문이다.

나는 이후 연세대학교 인문계열에 합격하여 현재 불어불문학과에 재학 중이다. 언론인이 되고 싶은 꿈은 아직까지 여전해서 연세

체 게바라는 실패한 혁명가였다.
그도 그럴 것이 쿠바 혁명 이후 체 게바라는
콩고 등지에서 잇달아 혁명에 실패하며
지나친 몽상가라는 비판에 직면했다.
뿐만 아니라 서른아홉 살의 젊은 나이로 볼리비아에서
정부군에 체포돼 사살되었다.
하지만 그는 개인적으로는 불운했는지 몰라도
다른 이들에게는 희망을 던져주었던 사람이었다.
그는 죽어서도 모든 사람들의
가슴 속에 영원히 남았다.

대학교 신문사인 〈연세춘추〉에 들어가 지금은 편집국장으로 일하고 있다. 그리고 얼마 전에는 오토바이를 타고 라틴 아메리카를 여행했던 체 게바라를 흉내낸답시고 대전에서 전주까지 자전거 여행을 다녀오기도 했다. 여행 뒤 온몸이 쑤셔 며칠 동안 밖으로 못 나가고 고생하긴 했지만 말이다.

물론 나는 아직까지 사회에 발을 내딛지 않은, 이루어놓은 업적도 없는 대학생에 불과하다. 학창시절 겪었던 일보다도 훨씬 더 힘든 일들이 나를 기다리고 있을 것이다. 하지만 이제 그런 것들이 불안하거나 두렵지는 않다. 끝까지 포기하지 않고 한번 도전해보고 싶은 생각이 든다.

체 게바라는 실패한 혁명가였다. 그도 그럴 것이 쿠바 혁명 이후 체 게바라는 콩고 등지에서 잇달아 혁명에 실패하며 지나친 몽상가라는 비판에 직면했다. 뿐만 아니라 서른아홉 살의 젊은 나이로 볼리비아에서 정부군에 체포돼 사살되었다. 하지만 그는 개인적으로는 불운했는지 몰라도 다른 이들에게는 희망을 던져주었던 사람이었다. 그는 죽어서도 모든 사람들의 가슴속에 영원히 남았다. 그의 덥수룩한 턱수염과 검은 베레모, 아무렇게나 흘러내린 머리카락과 굳게 다문 입술, 결코 잊지 못할 열정적인 눈빛은 좀 더 진보적인 세상을 꿈꾸는 모두의 뇌리에 깊이 박혀 있게 되었다. 그가 바로 체 게바라이다.

나는 내 인생의 전환점을 마련해준 『체 게바라 평전』을 요즘에도 펼쳐보곤 한다. 체 게바라의 열정을 상징하는 듯한 그 붉은 표지는 꿈 많고 어디로 튈지 몰랐던 나의 고등학교 시절을 뜨거운 기억으로 되살려주곤 한다.

『체 게바라 평전』

아르헨티나 의사 출신으로 전 세계 전장을 뛰어다니며 독재에 대항한 체 게바라는 1960년대 저항운동의 상징이다. 20대 초반까지 부에노스아이레스에서 의학을 공부한 엘리트였지만 두 번의 남미여행을 통해 체 게바라는 빈곤 문제를 해결하는 길은 혁명밖에 없다는 생각을 가지게 되었고, 인간의 질병을 치료하는 것보다 이 세계의 모순을 먼저 치료하는 것이 더 본질적인 문제라는 생각을 가지게 되었다. 체 게바라에 관한 한 최고의 자료를 가진 장 코르미에의 생생한 기록이 독자들에게 벅찬 감동을 준다.

항상 꿈을 꾸어라,
영혼은 꿈을 잃을 때 죽는다

전성철 『꿈꾸는 자는 멈추지 않는다』

박진광(서울대학교 외교학과 4학년)

가슴속에 불가능한 꿈을 품자. Have an unrealistic dream in your heart!

내가 전공으로 하고 있는 국제정치학은 국제정치를 바라볼 수 있는 여러 가지 시각을 연구하는 학문이다. 그 이론들 중에서 가장 주류적인 이론으로서 광범위한 지지를 받고 있는 '신현실주의'라는 이론이 있다. 이 이론은 국제정치에는 일정한 구조가 있으며, 자신의 능력에 따라 자신의 역할이 주어지고, 행위자는 그 구조를 바꿀 수 없고 순응을 할 수밖에 없다는 것을 핵심 주장으로 한다.

2004년 겨울. 이제 두려운 마음으로 고3이라는 대한민국의 특수

계층에 편입된 이후에 나는 정신적인 진흙탕에 빠져 있었다. 갑자기 어려워진 모의고사와 함께 늘어난 중압감은 나를 짓눌렀고 성적표의 숫자 하나하나에 민감하던 시기였다. 겉으로는 성실한 학생이었지만 거대한 입시의 구조에서 나는 무언가 표현할 수 없는 그런 무력감을 느끼고 있었다. 나는 그 거대한 구조에 순응해야 했던 하나의 행위자에 불과했다. 그 구조는 너무나도 견고한 철옹성과 같았다. 그 철옹성 앞에서 나는 한없이 작아만 보였다.

현실과 구조를 넘어서는 꿈

그러던 나에게 『꿈꾸는 자는 멈추지 않는다』는 마치 하나의 정신적인 탈출구와 같았다. 이 멋진 제목의 책을 선물로 받게 된 날, 나는 이 책을 단숨에 읽어 내려갔다. 비록 내가 법조계에 꿈을 가지고 있는 것은 아니었지만, 자신이 처한 구조에 순응하지 않고 끊임없이 자신의 꿈을 향해 노력하는 모습에 나는 큰 감동을 받을 수 있었다. 마음이 답답할 때 산에 올라 멀리 바라볼 때의 느낌이라고나 할까. 진흙탕에서 빠져나와 하늘 높이 솟아 올라 숲을 바라보는 기분이었다. 그 기분을 지금 점수와 석차의 끊임없는 향연 속에서 방황하고 있을 후배들과 함께 나누고 싶다.

이 책의 저자는 서울대학교 정치학과를 졸업했다. 그리고 번듯한 직장을 얻어서 곧 안정적인 수입을 얻게 된다. 남들이 보기에는 남부러울 것이 없는, 안정된 삶이었다. 그렇지만 그는 우연히 접한 미국 법학 도서를 보고 자신의 새로운, 그렇지만 어떻게 보면 생뚱맞은 꿈을 가지게 된다. 해외에 나가기도 힘들었던 그 시절 미국 로스쿨을 생각한다는 것은 상상하기도 힘든 일이었다.

그렇듯 상식을 뛰어넘은 결심을 했던 때를 회상하며, 저자는 식당에서 종업원으로 일했던 경험을 이야기한다. 저자가 미국에서 자리를 잡기 위해 힘든 시절을 보내고 있을 무렵, 한 식당에서 일하게 되었다. 물론 게으름 피우지 않고 열심히 일했지만 육체적으로 고된 일은 그를 지치게 했다. 결국 다른 일을 찾아서 그 식당을 떠나는 날, 그를 별로 탐탁치 않게 여겼던 식당 주인은 이런 말을 한다.

"너도 열심히 찾아보면 잘하는 일이 있을 거다."

물론 비꼬는 말투였지만, 그는 역설적으로 그 말에서 큰 힘을 얻었다고 회상하고 있다. 그렇다. 누구에게나 잘하는 일은 있는 것이다. 그 일을 찾고 준비하는 과정이 바로 구조를 뛰어넘는 꿈을 키우는 과정이다.

그가 편안한 국내를 박차고 해외에 나간 것은 무엇 때문이었을까? 그리고 그 많은 어려움을 겪으면서 끝까지 포기하지 않았던 이유는 무엇일까? 단지 돈 때문이었을까? 만약 돈 때문이었다면 로스쿨 입학 전에 MBA 과정으로 만족할 수 있었을 것이다. 그렇지만 뭔가 계산적으로 평가하기 힘든 '꿈의 힘'을 그는 보여주고 있었다.

이 책을 덮고 나서 나는 다시 한 번 내가 왜 이런 점수와 숫자들, 다섯 개의 아리송한 선택지 속에서 힘들어 했는지 돌아볼 수 있었다. 내가 왜 서울대 외교학과에 가고 싶어 했는지, 무엇 때문에 외교관이라는 꿈을 꾸게 되었는지 생각해보는 가운데, 고3 과정이 다람쥐 쳇바퀴 돌아가는 고통의 시간이 아니라 내 '꿈'을 향해 나아가는 하나의 '과정'이라는 생각을 하게 되었다.

우리나라 입시 구조에 내던져진 학생들은 많이 힘들어 한다. 그러나 그 구조 속에서 힘들어 하기보다 그 구조를 넘어서는 꿈을 꾸면서 구조를 이겨내 보는 것이 어떨까? 혹시 지리산에 올라 발 아래에 떠다니는 구름을 바라본 경험이 있는가? 지리산이 아니더라도 동네 뒷산에 오른 적이 있는가? 우선 시원한 하늘이 먼저 눈에 들어온다. 그리고 모든 것이 개미같이 작아 보이는 아래를 바라보면 참 조그만 곳에서 부대끼고 힘들어 하고 있다는 생각이 든다. 바로 그곳이 자신을 힘들게 만들고 있는 현실이요, 구조이다. 쉽지 않은 무거운 걸음을 옮겨 산에 오르듯이, 그 현실과 구조를 뛰어넘어 이를 관조할 수 있게 해주는 것은 결국 자신의 꿈이다. 자신의 현실에 순응하지 않으며 꿈을 꾸고 그리고 이를 실현해나가는 과정. 그 과정이 있기에 꽃보다 사람이 아름다워 보일 것이다.

'항상 꿈을 꾸어라. 사람의 몸은 심장이 멎을 때 죽지만 사람의 영혼은 꿈을 잃을 때 죽는다.'

그가 자식들에게 준 가훈이다.

국제정치이론에는 신현실주의만 있는 것은 아니다. 최근 국제정치학계에서는 전혀 새롭게 국제정치를 바라보는 시각이 등장해서 화제이다. 구조를 주어진 것으로 보지 않고 그 구조에 속한 행위자와의 상호작용을 통해서 얼마든지 구조를 바꿀 수 있다는 이론, 바로 구성주의이다. 이는 기존의 이론으로는 숙명적으로 권력 투쟁의 장으로밖에 비칠 수 없는 국제정치에 새로운 시각과 희망을 던져주는 이론으로 각광받고 있다. 이제 국제정치는 신현실주의적인 구조결정론에서 벗어나, 인류에게 희망과 평화를 가져다줄 수 있는 새로운 구조를 꿈꾸고 있다.

남보다 무엇을 더 잘할 수 있을까

리얼리스트가 되자. Be a realist!

그러나 이 책이 더 가치 있는 것은 이 책이 거창하게 포장된 슈퍼맨의 영웅담이 아니라 수많은 실패와 지극히 인간적인 좌절과 욕망이 어우러져 더 가깝게 와 닿기 때문이다. 사실 한때 전국을 흔들었던 '꿈은 이루어진다'라는 구호 등 우리 사회에 꿈을 강조하는 말은 많다. 그렇지만 그 꿈을 이루었을 때의 성공만이 부각될 뿐, 그 과정의 진지함은 무시되거나 성공을 더 아름답게 만드는 부차적인 것으로 치부될 뿐이다. 그 순간 그 꿈은 '공상'이 되어버린다. 그리고 그 공상은 애초부터 갖지 않은 것보다 못한 것이 된다.

꿈이 공상으로 변질되지 않기 위해서는 부단한 노력과 준비과정이 필요하다. 끊임없이 자신의 꿈을 향한 담금질이 이루어져야 한다. 미국에서 저자의 삶은 눈물겨울 정도이다. 한국에서는 대접받는 서울대 졸업생이었지만 그가 미국에서 선택한 삶은 험난했다. 식당 웨이터, 야간 수위, 택시, 은행 텔러……. 그 과정에서 미국 로스쿨의 꿈은 멀어만 보였다. 그렇지만 그는 몇 번의 실패 끝에 로스쿨에 들어가게 된다.

여기서 나는 앞서 느꼈던 '꿈'의 감동과는 다른 '부단한 노력'의 감동을 느낄 수 있었다. 그리고 단지 누워서 꿈을 꾸는 이상주의가 아니라 끊임없이 꿈을 향해 준비하고 노력하는 현실주의의 아름다움을 느낄 수 있었다. 그것은 스스로 자신의 한계를 설정하는 패배주의적인 현실주의가 아니었다. 자신의 꿈을 향해 기민하게, 그리고 뚝심 있게 준비하는 건설적인 현실주의였다.

나에게 가장 와 닿았던 부분은 동양인에다 좋은 학벌도 아니었던 그가 유수 로펌의 파트너로 올라가기 위해 사용했던 방법이었다. 그 방법은 남이 가지지 못한 자신만의 개성과 장점에 주목하는 것이었다. 그는 객관적으로는 미국에서 날고 기는 명문 로스쿨 졸업생에게 뒤처지지만 그들보다 무엇을 잘할 수 있을까를 고민했다. 그리고 당시 한국 기업들이 미국 진출에 나서고 있음을 파악하고 이를 이용하여 자신의 가치를 높이는 데 성공했다. 그냥 단순히 로

스쿨 입학으로만, 로펌의 일개 직원으로만 안주하고자 했다면 이뤄낼 수 없는 일이었다. 이는 자신의 꿈에 대한 확신이 있기 때문에 가능한 일이기도 했다.

이 가르침은 대학교 졸업학년에 접어든 지금까지도 나에게 살아 숨쉬고 있다. 남들보다 전체적으로 뒤떨어지더라도 남들이 찾지 못한 것을 발굴해낼 수 있다면 얼마든지 큰 효과를 거둘 수 있다는 것이다.

이 책을 읽고 있을 많은 후배들에게도 꼭 해주고 싶은 말이다. '수능·내신·성적'이라는, 수만 가지 척도 중의 한 가지 척도로 자기 자신을 낮게 평가할 수는 있다. 그렇지만 이 한 가지 척도를 통해 이루어진 평가에 기죽을 필요는 없다. 분명히 자기 자신이 남들보다 더 뛰어난 분야가 있을 것이고 이를 자랑스럽게 여기면서 부단히 갈고 닦으면 되는 것이다.

시험 성적이 전부가 아니라는 말. 이 말은 그냥 아무런 생각 없이, 준비 없이 살아도 좋다는 말이 아니라 숫자로 측정되지 않는 자신의 능력을 찾기 위해 부단한 노력을 기울여야 한다는 말이다. 자신의 꿈을 찾고 그것을 향해 자신의 재능을 발굴하며 계획적이고 치밀하게 움직이는 것. 이것이 진정한 리얼리스트의 자세이다.

사실 이 책의 주인공은 얼핏 보면 그냥 미국에서 성공한 평범한 한국인일 수도 있다. 그렇지만 그가 계획했던 무모한 꿈, 그러나 그 무모함을 가능케 했던 철저한 준비의 자세는 나에게 고3을 다르게 볼 수 있는 시각을 주었고, 시각의 변화는 나에게 새로운 힘을 주었다. 이 책을 통해 단 한 명의 수험생이라도 나와 같은 느낌을 공유할 수 있다면 그보다 더 행복할 일은 없을 것 같다.

체 게바라가 남겼던 말을 살짝 바꾸어 마지막으로 강조하고 싶다. 가슴 속에 불가능한 꿈을 품자. 그러나 리얼리스트가 되자.

『꿈꾸는 자는 멈추지 않는다』

무일푼으로 무작정 미국으로 건너간 전성철은 웨이터, 택시 운전사, 야적장 수위, 빵공장 직공 등을 하며 1980년대 초반 당시로서는 드물게 미국에서 MBA와 로스쿨을 모두 졸업한다. 그리고 누구도 생각하지 못했던 방식으로 기회를 만들어 뉴욕으로 입성, 맨해튼 굴지의 로펌의 유일한 외국인, 동양인으로서 4년 만에 파트너(이사)로 승진하는 기록을 세운다. 이 책은 꿈을 세우고 꿈을 이룬다는 것이 무엇인지 보여주는 희망의 도전기이다.

여성스럽지 못하다고?
여성스러움은 여자만의 것이 아니다

너대니얼 호손 『주홍글씨』

유정이 (노스캐롤라이나 주립대학교North Carolina State University &
듀크대학교Duke University 경제학과 1학년)

어려서부터 '여자아이답지 않게' 활발했던 나는 학교와 동네, 가
족과 친척 사이에서 왈가닥으로 통했다. 보통 또래보다 키가 컸고,
목소리가 기차 화통을 삶아 먹은 듯이 컸기에 여느 아이들과 달리
사람들 앞에 서는 것을 두려워하지 않았던 것 같다. 그래서인지 초
등학교 시절부터 매년 학급회장을 맡아서 했다.

내가 맡은 일은 어떠한 일이 있어도 꼭 책임을 져야 한다는 투철
한 사명감을 가지고 있었던 나는 이리저리 뛰어다니면서 잡다한 여
러 일들을 처리하고는 했다. 그러면 선생님들과 주변 어른들은 혀

를 내두르며 이 당돌한 여자아이를 인정해주었던 것이었다. 남자애
도 아닌 여자애가 그러는 것이 참 신기하다면서 말이다.

여학생이 참 고생한다

중학교 때 나의 당돌함은 하늘을 찔렀다. 여자중학교에 진학하면
서 많은 여학생들 사이에서 조금 여성스러워지려나 하는 기대는 입
학과 동시에 온 데 간 데 없어졌다. 1학년 때 학급회장을 시작으로
2학년 때는 학생부회장, 그리고 3학년 때는 또 학생회장으로 3년을
보냈다. 남들 앞에서 당당하게 나의 의견을 말하고, 친구들의 생각
을 모두 모아 전달하고, 계획부터 진행까지 학교의 크고 작은 행사
들을 담당하는 등의 일들은 나에게는 너무나도 자연스러웠다.

반면 다른 사람들 눈에는 그러한 내 모습이 부자연스러웠던 것
같다. "일을 잘하는 것은 정말 좋은데, 저 아이는 뭔가 여자아이 같
지 않다"는 식의 말을 듣기 일쑤였으니까. 남들 앞에 나서는 일과
궂은 일을 먼저 찾아서 하는 버릇 외에도 수영, 육상, 스쿼시, 핸드
볼, 농구 등 여러 운동 종목의 학교대표였던 사실과 하도 소리 높여
학생회 일을 하고 뛰어 놀아 하루가 멀다 하고 쉬어버리는 걸걸한
목소리도 한몫을 한 것 같았다.

어찌되었든 중학교 때까지는 그러한 말들을 웃어넘기고는 했다.

물론 맘 한편으로는 항상 내가 뭘 잘못하고 있는 것인가라는 생각을 하기도 했다. 그렇지만 내가 원하는 일을 즐겁게 하고 동시에 내가 속한 그룹에 도움이 되는 것인데 뭐 대수냐며 다시 내 할 일을 하고는 했다.

하지만 고등학생이 되자 그러한 말들이 내 마음을 비집고 들어와 나를 괴롭히기 시작했다. 그리고 그렇게 어렵다는 민족사관고등학교의 학생이 되고, 입학하자마자 많은 친구들과 선배들의 지지로 1학년 대표가 되었을 때, 마침내 '여성스럽지 못하다'는 지적이 내게 큰 혼란을 주는 일이 생기고야 말았다. 새벽부터 검도를 하고 피곤한데도 학생회의 첫 업무인 아침인사를 하기 위해 허겁지겁 뛰어내려가 가쁜 숨을 가다듬고 있는데, 일찍 출근하던 한 선생님이 "여학생이 참 고생한다"라며 지나갔다. 별 의미 없다고 할 수 있었던 그 말이 내 머리를 비집고 들어온 이유는 바로 전날 밤에 읽었던 너대니얼 호손의 『주홍글씨』 때문이었다.

여자 주인공 헤스터 Hester 는 처음에는 차가운 눈으로 나중에는 연민의 눈으로 자신을 바라보는 마을 사람들로부터 "여자가 참 대단해"라는 말을 듣는다. 당시 청교도적인 사회 분위기 속에서 여성의 입지나 역할은 남성의 그것들에 비해 상대적으로 많이 제한되었던 것이 사실이다. 그러므로 남편이 멀리 있는데 아이를 낳아 기르는 헤스터의 마을 일손 도와주기, 병들고 가난한 이들 구제하기 등등의 활동, 즉 요즘으로 치면 사회적 활동은 애초에 색안경을 끼고 바라볼 수밖에 없었던 것이다. 그 숭고한 여성성을 지키지 못했다는 사실만으로 감옥에 가는 사회 속에서 한 여자가 끝까지 그러한 일들을 해나갔다는 것 자체만으로도 그녀가 느꼈을 무게가 전해져 왔다. 하지만 자기 자신에 대한 주도권을 쥐고 끝까지 도도함을 잃지 않았던 헤스터에게 감탄을 하면서도, 부끄럽게도 나는 속으로 '그냥 조용히 살거나 도망가버리지. 여자가 참 고생한다' 생각하며 책을 덮었던 것이다.

'여성스러움'이란 사람이 갖추어야 할 덕목

"여학생이 참 고생한다"라는 한 마디가 그렇게 큰 반향을 가져올 줄은 몰랐다. 적어도 일주일 동안 나는 나답지 않게, 학생회 일을 하면서 자주 허둥대고 쉽게 상처받는 혼란스러움을 겪어야 했다. 여자친구들, 선배들과 나 자신을 비교하면서 내가 미처 알지 못했던 나의 '여성스럽지 못함'이 보이기 시작했다. 그러다 내가 속한 학교라는 이 사회가, 그리고 나아가서는 우리나라, 전 세계가 기대하는 '여성스러움'이 무엇인지 깨닫고야 말았다.

나는 오늘날의 '여성스러움'이 몇몇 사람들이 주장하는 것처럼 남녀 차별적인 시각에서의 여성스러움이 아니라고 말하고 싶다. '여성스러움'이란 단어는 지금까지 여성들이 보여주었던 여러 장점들 중에서 오늘날의 남성들 또한 갖추어야 할 덕목들을 지칭하는 말이다. 작게는 남들을 위한 세심한 배려 그리고 크게는 자기 희생까지, 사실 따지고 보면 많은 남성들도 가지고 있었고 가지고 있는 덕목들을 가리키는 표현인 것이다. 즉 여성이고 남성이고 간에 그저 한 개인이 균형 맞추어 가지고 있어야 할 가치이다.

그런데 나는 이제껏 '여성스럽지 못하다' 라는 말을 마치 '넌 잘 못하고 있다' 라는 핀잔인 것처럼 받아들이기만 했던 것이다. 나도 모르게 나 자신을 '여성스러움' 과 '여성스럽지 못함' 으로 구분되는 그런 세상 안에 가두어놓고 있었다. '여성스러움' 이란 선이 존재한다는 듯이 말이다. 그리고 나는 그 선을 벗어나 위험한 행동을 하고 있는 것처럼 나 자신을 바라보고 있었다. 그랬기 때문에 지금까지 사람들이 내게 '여자답지 못하다' 라고 말하는 것을 다 부정하고 무시했던 것 같았다.

지금 생각해보면 사람들의 말은 내게 조신하고 얌전하게 가만히 있으라는 뜻이 아니었다. 오히려 무슨 일을 하든 간에 나의 강하고 집요한 모습뿐만이 아니라 나의 부드럽고 세심한 모습까지 다 보여줘도 되고, 그럴 때 내가 더 나아갈 수 있다는 이야기를 해준 것이었다. 여자이기 때문도 여자답지 못하기 때문도 아니라, 단지 내 뜻이 더 많은 사람들의 마음을 움직이고 내가 설득한 그 사람들과 함께 내 능력을 더 발휘하기 위해서 말이다.

고등학교를 졸업하고 미국 명문대학에 진학하기 전까지 오랜만에 반 년 가까이 되는 휴식시간을 즐기는 나를 보면서 사람들은 많이 "여성스러워졌다"고 말한다. 그러다가도 내가 대통령 우수인재 메달을 받아서 현재 수상자 회장으로 활동하고 있고, 인도로 한 달간 봉사를 계획하고 있으며, 곧 미국 장학재단의 프로그램에 참가할 거라는 말을 들으면 사람들은 금방 "그럼 그렇지"라며 웃어버린다. 그럴 때면 나는 또다시 발동하는 '여성스럽지 못함'을 최대한 자제하면서 말한다. "여성스러웠던 저랑 여성스럽지 못했던 저랑 같은 사람이에요." 그리고는 나도 웃는다.

『주홍글씨』

17세기 미국의 청교도 사회를 배경으로 일어난 간통사건을 다룬 너대니얼 호손의 대표작이다. 늙은 의사와 결혼한 헤스터 프린이라는 젊은 여인이 남편보다 먼저 미국으로 건너와 살던 중 펄이라는 사생아를 낳는다. 헤스터는 간통한 벌로 A(adultery, 간통) 자를 가슴에 달고 일생을 살라는 형을 선고받는다……. 1850년 간행되었으며 19세기 미국문학의 걸작으로 꼽힌다.

붙잡을 수 있는 곳에 있는 희망, 나는 아직도 희망을 꿈꾼다

양귀자 『희망』

어유경 (연세대학교 경영학과 3학년)

읽으면 읽을수록 더 큰 의미로 다가오는 책이 있다. 그 중에는 어떻게 내가 이 보물 같은 책을 발견했을까 스스로 신기해 할 정도로 나의 삶에 큰 영향을 준 책들도 있다. 양귀자의 『희망』. 이 책은 나에게 희망의 소중함을 가르쳐준 보물이다.

처음 이 책을 만난 것은 초등학생 때이다. 어렸을 때부터 이것저 것 가리지 않고 책 보기를 좋아했는데, 그때 이 책을 서점에서 골랐던 건 양귀자라는 이름이 낯설지 않았고, 뭔가 어려워 보이는 책도 읽어보고 싶었던 마음 때문이었던 것 같다. 이해가 되지 않을 정도로 어려운 책은 아니었지만 인생에 영향을 줄 정도로 큰 감명을 받았던 것 같지는 않다. 그때를 생각해보면 같은 책도 언제 읽느냐에 따라 느낌의 차이가 있을 수 있다고 생각한다.

세상에 홀로 서 있을 때

책장에 꽂아두고 먼지가 쌓여가던 이 책을 다시 꺼내든 것은 고등학교 2학년 때였다. 누구나 한 번쯤 경험하겠지만, 그 당시에는 이 세상에 나밖에 없는 것 같은 외로움과 뭐 하나 제대로 해내는 게 없는 것 같은 나 자신에 대한 실망감에 시달리고 있었다. 1학년 2학기에 사귀었던 남자친구와 겨울방학에 헤어진 뒤로 나는 다시 누군가를 좋아할 수 있을까, 다시 사랑받을 수 있을까에 대해 의문을 품으며 거의 1년이라는 시간 동안 괴로워하고 사랑이라는 것에 자신감을 잃어가고 있었다.

덤덤하게 생각할 수도 있었을 텐데, 예민했던 나는 왠지 모를 두려움에 시달렸다. 더 안 좋았던 것은, 나름대로는 큰 포부를 갖고 도전했던 전교회장 선거에서 부회장이 되어 학생회 활동을 시작했지만 정작 돌아오는 것은 나 자신에 대한, 그리고 학교에 대한 실망이었다. 나의 무능함, 약한 추진력, 그리고 전혀 바뀔 생각을 하지 않는 학교의 태도는 나를 점점 지치게 했다. 나에게 힘이 되어 줄 무언가를 간절히 원하던 그때, 책장에 꽂혀 있던 이 책이 눈에 들어왔고 정신없이 읽어 내려갔다.

그래도 희망을 품고 산다

『희망』은 나에게 세상의 수많은 사람들이 저마다 슬픔을 마음속에 갖고 있다는 것, 그럼에도 저마다의 희망을 품고 삶을 살아간다는 것을 보여주었다. 양귀자는 이 책에서 나성여관의 셋째아들, 스무 살 삼수생 '우연'의 눈을 통해 다양한 사람들의 이야기를 들려준다.

주인공 우연은 거친 척하지만 사실 누구보다 순수하다. 때문에 자신이 진심으로 좋아하는 사람들이 슬퍼하고 때로는 변해가는 모습을 바라보며 괴로워한다. 그가 존경하고 좋아하는 형은 자신을 포함한 모든 사람의 죄를 뒤집어쓰는 바람에 고문을 당해 폐인이 된 운동권 선배를 지키기 위해 자신의 모든 것을 희생한다.

또한 나성여관에서 우연이 마음을 열고 따르는 찌르레기 아저씨는 목숨보다 소중한 아내의 삶을 망치고 죽음으로 몰아넣은 한 남자에게 복수하기 위해 사랑하는 아들을 고아원에 맡긴 채 그 남자를 찾으러 다닌다. 아마 우연은 사랑하는 사람들이 망가져가는 모습을 보며 아무것도 할 수 없는 자신에게 원망스런 마음도 들었을 것이다.

반면 우연이 가장 사랑하는 가족인 누나 수련은 세상의 화려함에 눈이 멀어 유부남을 따라 가출한다. 하지만 서울 온 바닥을 다 뒤져 찾아낸 누나는 이미 돌이킬 수 없을 만큼 타락해 있다. 이 모든 것을 바라보며 우연은 감당할 수 없을 만큼 지독한 외로움을 느낀다.

그렇지만 마음이 저릴 만큼 아픈 삶에도 한 가닥 희망이 있기에 사람들은 살아간다. 형은 선배를 비롯한 수많은 사람들을 폐인으로 만든 악랄한 고문 기술자에게 복수를 시도하다 체포된다. 하지만 그것은 사적인 복수심에 의한 것이 아니라 어두웠던 과거를 정리하고 새롭게 시작하기 위한 것이었기에 많은 사람들은 최선을 다해 형을 변호해준다.

찌르레기 아저씨는 낮에는 일하고 밤에는 아들의 공부를 도와주며, 자신의 희망인 아들과 함께 살아간다. 누나는 나성여관에서 하룻밤 자고 간 것으로, 자신이 가족을 잊지 않고 사랑하고 있음을 보여주고 떠난다. 그리고 우연도 늘 그에게 힘이 되어주는 여자친구 보라에게서 마지막 희망을 찾는다. 사람들의 슬픔은 끝나지 않았지만 오늘은 어제보다, 내일은 오늘보다 나을 것이라는 희망이 사람들을 지탱한다.

이러한 『희망』의 이야기는 나에게 희망은 붙잡으러 달려가야 할 만큼 멀리 있는 것이 아니라 우리 삶 안에 있는 것이라고 말해주었다. 내가 노력만 한다면 분명히 나는 이전보다 발전할 수 있을 것이

어리다고 해서, 또는 더 나은 환경에 있다고 해서 고민이나 슬픔이 없을 거라고 생각하지는 않는다. 나 또한 학생 때, 심지어 초등학생 때에도 그 나름대로의 힘겨움이 있었음을 기억한다. 생각해보면 아직 삶에 대해 더 생각해볼 날이 많이 남은 스물두 살이긴 하지만, 삶이라는 것은 힘들어도 그 안의 작은 행복과 희망을 느끼며 살아가는 것이 아닌가 한다. 『희망』의 사람들도 그렇게 느꼈으리라 생각한다.

라는 희망, 우리와 같은 생각을 갖고 있는 학생들과 선생님들이 너무나 많다는 희망, 그리고 앞으로 다시 사랑하고 사랑받을 수 있는 기회가 너무나 많을 것이라는 희망을 갖도록 도와주었다.

학생회 활동 중 몇 가지는 비록 처음의 의도대로 잘 풀리진 못했지만, 나는 소중한 학생회 친구들과 학교 친구들, 그리고 선생님들 모두가 다 함께 노력했다는 점에서 너무나 큰 희망을 찾을 수 있었다. 그 뒤 사회적 리더가 되어 사람들의 어려움을 적극적으로 도와주고 되도록 많은 사람들에게 희망을 주고 싶다는 생각으로 경영학과를 지원하여, 지금은 연세대 경영학과에 다니고 있다. 덧붙여, 말하기 부끄럽지만 사실 하도 우악스럽게 행동하기 때문에 남자친구는 두 번 다시 못 사귀는 거 아닌가 진지하게 고민하기도 했다. 다행히 대학교에 입학하고 얼마 안 돼 지금의 남자친구를 만나 2년이 넘는 시간 동안 함께할 수 있었다.

사실 인간이기에 때로는 어떻게 이렇게 힘들 수 있을까, 왜 이렇게 되는 일이 없을까 싶을 때도 많았다. 하지만 이 언덕만 넘으면 눈앞에 희망이 있음을 믿으며, 그리고 내가 가진 것들에 감사하며 어려움을 이겨내기 위해 노력해왔다.

어리다고 해서, 또는 더 나은 환경에 있다고 해서 고민이나 슬픔이 없을 거라고 생각하지는 않는다. 나 또한 학생 때, 심지어 초등학생 때에도 그 나름대로의 힘겨움이 있었음을 기억한다. 생각해보면 아직 삶에 대해 더 생각해볼 날이 많이 남은 스물두 살이긴 하지만, 삶이라는 것은 힘들어도 그 안의 작은 행복과 희망을 느끼며 살아가는 것이 아닌가 한다. 『희망』의 사람들도 그렇게 느꼈으리라 생각한다.

『희망』

우리 시대의 희망을 그려내는 작가 양귀자의 첫 장편소설. 나성여관이란 상징적 공간과 그 속에 기숙하는 쓰라린 상처를 안은 40대 노동자, 실향 노인, 운동권인 형, 돈밖에 모르는 어머니, 세상의 화려함에 눈먼 누이, 가수를 꿈꾸는 재수생 등의 상처와 원한, 좌절과 꿈을 작가 특유의 따뜻하면서도 아름다운 문체로 그린 작품이다.

17살, 나를 바꾼 한 권의 책

이 정도의 시련?
굳은 의지만 있으면 이겨낼 수 있다

오토다케 히로타다『오체 불만족』

이혁주(연세대학교 경영학과 3학년)

나는 중학교 때 전교 10등 안에 드는 것이 목표였다. 동네의 구질 구질한 학원을 다니면서도 이 목표를 이루기 위해 열심히 공부했다. 그리고 중학교 때 공부 좀 한다는 애들은 모두들 그렇듯 특목고로 진학하는 것을 꿈꾸고 있었다. 그러던 중 문제가 생기고 말았다. 중학교 3학년이 되기 전 겨울방학 때의 일이었다. 그 당시에 대부분의 가정이 그랬듯, 우리 집에도 IMF 한파가 찾아왔다. 아버지는 은행을 그만 두고 공인중개사 학원을 다녔고, 어머니는 이모와 같이 분식집을 차렸다.

이 사람 와세다대학 다녀!

아버지와 어머니가 당신이 어렸을 적 가난했던 시절 이야기를 해주시면 '그런 때가 또 오겠어?' 하는 마음으로 한 귀로 흘려듣곤 했다. 그러나 나는 그때 부모님이 겪었던 그런 가난을 나도 겪게 되는 것은 아닌가 하는 두려움이 생겼다. 물론 쌀이 없어서 밥을 못 먹은 것은 아니었지만 부모님이 나누는 암울한 이야기를 엿듣고 있을 때는 정말 무서웠다. 내가 진학하기를 원했던 특목고에 가기 위해서는 더 좋은, 더 비싼 학원비를 내야 하는 학원으로 옮겨야 했는데, 그조차도 부모님께 죄송함을 느끼게 되었다. 하지만 부모님은 오히려 더 열심히 하라는 말과 함께 큰 학원으로 보내주었다.

무거운 마음을 가슴 한구석에 쌓아두고 좀 더 큰 학원을 다니기 시작했다. 나는 조금 내성적이고 낯을 많이 가리는 성격이라서 처음부터 친구를 사귀지는 못했다. 한 달 정도 시간이 지나고 나서는 같이 매점 갈 친구 정도는 생기게 됐는데, 어느 날 그 친구가 쉬는 시간에 어떤 책을 읽고 있는 것을 보았다. 내가 매점을 같이 가자고 해도 책에 빠져 있던 터라 나는 살짝 삐쳐 있었다. 그리고 그 친구가 도대체 무슨 책을 읽고 있는지 궁금했다. 그 친구가 읽고 있었던 책은 바로 내가 소개하고자 하는 『오체 불만족』이었다.

무례한 행동인지는 알고 있었지만 삐친 것을 핑계 삼아 그 친구가 읽고 있던 책을 덮어서 겉표지를 봤다. 겉표지에는 사지가 없이

17살, 나를 바꾼 한 권의 책

전동 휠체어에 앉아 환하게 웃고 있는 일본 청년의 사진이 있었다. 당시 베스트셀러라서 이름은 들어봤던 책이었다. 그런데 그 책의 주인공을 사진으로 직접 본 것은 처음이었는데 꽤 충격적이었다. 그리고 나서 그 친구가 한 말이 더 충격적이었다.

"이 사람 와세다대학 다녀!"

사지가 없는 이가? 믿기지가 않았다. 글씨도 제대로 쓰지 못할 것 같이 보이는 이 사람이 일본 명문대학 중 하나인 와세다대학에 다닌다니…… 사실 연세대에 가고 싶어 특목고 가기를 원했는데, 나보다 나을 것이 없어 보이던 이 사람이 일본의 연세대라고 불리는 와세다대학에 다닌다는 것이 믿기지 않았다. 나는 다음날 그 책을 친구에게 빌렸다.

빌린 책이라는 압박감이 있기도 했지만 무엇보다도 이 책에 담긴 흥미진진한 내용 덕분에 다음날 책을 다시 돌려주겠다는 약속을 지킬 수 있었다. 이 책의 주인공인 오토다케 히로타다는 태어날 때부터 팔다리가 없었다. 보통의 부모였다면 자신의 아기가 팔다리 없이 태어난 것을 보고 놀라는 기색이라도 보였을 텐데 오토다케의 어머니가 그를 보고 내뱉은 첫마디는 "어머, 귀여운 우리 아기……"였다고 한다. 그의 어머니와 아버지는 오토다케를 장애를 방패로 도망치는 아이는 절대 만들지 않겠다고 했고, 그런 부모 밑에서 자란 오토다케는 비장애인 못지않은 삶을 살 수 있었다.

야구, 축구, 피구, 줄넘기, 50미터 달리기, 등산, 수영, 농구, 미식

축구. 이것들은 오토다케가 학창시절에 모두 경험해본 운동들이다. 물론 이 모든 것들을 사지가 온전한 비장애인들이 하는 것처럼 똑같이 하는 것은 아니다. 특히 농구는 중학교 때 학교 대표선수로 시합에 나가서 뛰기까지 했다. 거의 없다시피 한 그의 어깨로 공을 드리블하기 위해 그는 정말 피나는 노력을 했다. 왼쪽으로 드리블하는 것이 어느 정도 익숙해지면 오른쪽으로 연습했고, 오른쪽이 익숙해지면 공을 자유자재로 옮겨가며 드리블하도록 연습했다. '나는 비장애인처럼 사지가 멀쩡하지 않기 때문에 손발을 자유롭게 놀려야 하는 운동들은 어울리지 않는다' 같은 생각은 그의 책에서 찾아볼 수 없었다.

마음의 장벽을 없애는 긍정

나는 책을 읽고 나서 잠시 생각해보았다. 내가 겪고 있는 집안 문제가 오토다케가 겪고 있는 장애보다 큰 것일까? 오토다케가 자신의 장애를 더 이상 장애처럼 여기지 않고 살아간 것처럼 나도 이 정도 시련은 굳은 의지로 이겨낼 수 있다는 자신감이 들기 시작했다. 오토다케가 장애를 정신적으로 이겨낸 것처럼 내가 겪고 있는 문제를 좀 더 긍정적으로 해석하며 이겨낼 수 있다는 생각이 들었다.

중학교 3학년 때는 특수목적고 진학을 위해서 내신공부도 열심히 해야 하고 고등학교 입학시험에 대비하기 위해서 영어 듣기와 수학공부도 더 열심히 해야 했다. 물론 어머니는 분식집에 나가야 하니 나에게 관심을 많이 가져주지는 못하겠지만 더 엄한 아버지가 집에서 공부를 하기 때문에 컴퓨터 게임에 빠지지 않고 공부에 더 전념할 수 있으리라는 생각이 들었다.

그리고 밤늦게 공부하다가 배가 고프면 엄마가 가게에서 싸온 순대와 떡볶이로 허기를 달랠 수도 있었다. 집안의 금전적인 문제는 내가 신경 쓰지 않아도 현명한 부모님이 슬기롭게 잘 알아서 해결하리라 믿었다.

나는 내가 목표한 학교에 진학하기 위해 열심히 공부에만 전념하면 됐다. 학원을 오가는 버스 안에서 항상 이어폰을 끼고 영어 듣기 공부를 했고, 학교 쉬는 시간에도 수학 문제를 풀었다. 그리고 그해 11월, 나는 당당하게 서울외국어고등학교의 합격통지를 받았다.

이 책을 읽은 지 거의 10년이 다 되어간다. 오토다케가 그랬던 것처럼 1년간 재수를 경험하긴 했지만 중학교 때 배웠던 긍정적인 자세와 의지로 재수에 성공했다. 학원을 다니지 않고 홀로 독서실을 다녔던 터라 더 외롭고 힘들었지만 『오체 불만족』이 가져다준 소중한 교훈은 내가 그토록 원했던 연세대학교에 갈 수 있도록 도와주었다.

물론 그 책 한 권이 내 삶 전체를 바꿨다고 말하는 것은 분명 과장일 것이다. 실제로 내 주변 환경이 변한 것은 아무것도 없었다.

그러나 이 책으로 인해 세상을 보는 시각이 달라졌고, 그러한 나의 마음가짐이 내가 바라보는 세상을 바꿀 수 있었다.

『오체 불만족』

오토다케 히로타다는 태어나면서부터 팔다리가 없었고 성장하면서 10센티미터 남짓 자라났다. 그런 팔다리로 달리기, 야구, 농구, 수영 등을 즐기며 초·중·고등학교를 마치고 일본의 명문대학인 와세다대학 정경학부 정치학과를 졸업했다. 자신이 세상에 태어난 것은 '팔다리가 없는 나만이 할 수 있는 그 무엇이 있기 때문'이라 생각하고 '마음의 장벽 없애기' 운동에 매진하고 있는 오토다케 히로타다의 자서전. 이 책은 1998년 일본에서 최단기간에 400만 부 돌파라는 사상 초유의 베스트셀러를 기록하였다.

그 모든 고민들이 짜내는
내 인생 양탄자의 무늬

서머싯 몸 『인간의 굴레』

변선영(이화여자대학교 중어중문학과 4학년)

2002년 여름, 대한민국은 온통 붉은 물결로 넘실댔다. 세계인의 축제 월드컵은 온 국민의 마음을 사로잡았고, 한국 팀이 한 경기, 한 경기 승리의 드라마를 쓸 때마다 사람들은 흥분했다. 모두가 즐거워 보였다. 나는 여기서 '즐거웠다'가 아닌 '즐거워 보였다'라는 표현을 썼다. 혼자만의 고민, 성장통을 겪어내느라 환호성 가득한 거리에 차마 동화되지 못했던 고등학교 2학년 시절. 그때의 나는 한없이 내 안으로만 파고 들어가 아픈 데를 자꾸만 후벼파고 있었다.

지금 생각해보면 아마 그때 나는 진로에 대한 막연한 두려움에 지독한 사춘기까지 겹쳐 처음으로 힘든 시기를 겪지 않았나 싶다. 지금도 온 국민의 축제로 기억되는 2002년 월드컵 시기를 생각하면 그 가슴 답답함이 먼저 떠오르니 말이다.

내가 선택한 굴레

초등학교, 중학교, 고등학교 1학년까지 나는 크게 걸리는 것 없이 거침없이 달려왔다. 부모님은 언제나 뒤에서 믿음과 지지를 보내주었고, 언제나 노력한 만큼 결과가 뒤따랐으며, 친구들이나 선생님들과의 학교생활도 만족스러웠다. 그런데 고등학교 2학년부터 조금씩 힘에 부치기 시작했다. 무엇을 해도 즐겁지 않고, 결론 없는 고민만 늘어났다.

처음으로 부모님과 생각이 갈라졌다. 언론인이 되고 싶다는 막연한 희망을 품었던 나는 문과를, 안정된 직업을 가지길 원했던 부모님은 이과를 희망했다. 나는 진로, 적성에 대한 충분한 고려보다는 주변의 분위기, 어른들의 조언에 따라 이과로 진로를 택했다. 그리고 그 안에서 흥미도, 자신감도 잃어버린 나는 한동안 한심한 패배감에서 벗어나지 못했다.

내 모습이 마음에 안 들었지만 적당한 해결책을 찾아낼 수 없었던 나는 학교 도서관을 자주 찾았다. 어느 누구에게도 말할 수 없던 고민을 책은 들어주는 것 같았고, 내게 딱 맞는 해답을 준비해놓고 기다릴 것만 같았다. 지금 생각해보면, 당시의 미숙한 내가 읽은 책들은 오직 두 부류로만 나뉘었다. 나보다 더 힘든 상황을 겪는 주인 공들을 보며 마음의 위안을 주는 책, 그리고 멋진 인생을 살고 있는 사람들을 보며 다시 한 번 동기 부여를 재촉하게 하는 책이었다. 그러던 중 『인간의 굴레』라는 책이 눈에 들어왔다. 인간의 굴레……. 묘한 동질감이 느껴졌다. 어쩌면 나도 지금 내 스스로가 선택하고 만든 '굴레'에 갇혀 허우적거리고 있는 것은 아닐까?

스스로 이렇게 말하기는 조금 부끄럽지만, 책을 읽는 동안 주인 공 필립의 모습은 어딘지 모르게 나와 닮아 있다는 생각을 했다. 한 가지 목표를 가지고 그것에 안주하지 못하고 끊임없이 다른 무언가를 갈망하는 모습, 그 모든 것에 어느 정도의 성과를 거두긴 하지만 무엇 하나 완벽한 성공, 만족을 얻지 못하는 모습. 방황하는 학창시절 필립의 모습은 바로 나 자신이었다.

때로는 명백하게 나보다 나은 부분을 찾기도 했다. 선천적으로 다리를 저는 장애인임에도 그는 자기 내면의 목소리에 귀 기울이는 삶을 살려고 노력했다. 또한 자신이 정말로 무엇을 하고 싶은지, 삶이란 무엇인지 끊임없이 탐구하고 생각하고 찾아내려고 노력했다. 물론 그런 과정에는 밑바닥까지의 추락도 있었고, 열정적인 사랑과 사랑하는 밀드레드의 배신도 있었다. 하지만 그는 적어도 나처럼 절망 속에 멈춰 스스로를 퇴보하게 만드는 길을 택하진 않았다.

필립의 성장을 지켜보며 자꾸만 나와 비교하게 됐다. 그의 절망을 함께 겪어내며 아파하고, 가끔은 이해할 수 없는 비이성적인 행동을 안타까워하기도 했으며, 중간 중간 나 역시 필립이었다면 그러했으리라 생각했다. 그를 비난하기도 하고 비범한 생각에 놀라기도 하면서 나 역시 필립과 같이 헛된 기대를 품고도 버리지 못하는 것이 많을 것이고, 어리석은 행동을 하면서도 그것을 고집하고 있을지도 모른다는 생각을 했다. 그리고 어쩌면 그것이 바로 인간의 굴레가 아닐까 하는 생각도 했다.

힘겨운 과정 끝의 평온한 해피엔딩

결국 이런저런 직업을 거치던 필립이 마지막으로 택한 길은 돌아가신 아버지의 뒤를 이어 의사가 되는 것이었다. 그러나 그 과정도 순탄치만은 않았다. 그는 증권으로 인한 손해와 사치스러운 밀드레드를 뒷바라지하느라 돈을 모두 써버리는 바람에 휴학을 하게 되었다. 노숙자처럼 지낸 적도 있었다. 하지만 이상하게도 언제나 필립은 나락으로 가라앉았다가 또 서서히 차올랐다.

지나가는 소나기보다는 가랑비같이, 그의 인생은 사인^{sin} 곡선을 그리며 차올랐다 가라앉았다를 반복하면서 조금씩 앞으로 나아가고 있었다. 『인간의 굴레』를 읽을 때 나도 한 번쯤은 이런 과정을 겪어보고 싶다는 생각을 했다. 부모님의 그늘에 가려 너무 안일하게 살아온 것이 아닌가 싶었고, 나 스스로 하고 싶은 일을 찾아가지도 못하는 바보가 되어버린 내 자신이 너무 초라하게 생각되고 스스로에게 화가 나기도 했다.

그리고 소설의 마지막, 필립의 선택은 사랑하는 여인 샐리와 함께하는 안정된 삶이었다. 그 결정 과정에는 그동안 타인을 통해 주입해온 이상을 좇았을 뿐 진심으로 자신이 원하는 소리에 귀 기울여본 적이 없었음을 깨달은 필립 자신이 있었다. 마침내 꼭 맞는 하나의 행복을 찾은 마지막 그의 모습은 정말 편안해 보였다. 그의 성장과정을 함께 겪으며 아파하고, 마음 졸이고, 화냈던 내 마음도 그제서야 평안을 찾았다.

방황하던 내게 『인간의 굴레』는 아주 적절한 해답을 내놓았다. 단기간에 약효가 나타난 처방전이 아니라 할지라도, 이 책은 내가 앞으로 인생을 만들어나가는 데 지침서가 되어 줄 것이다. 사회 구성원의 한 사람으로 성장해나가는 과정에서 고통과 절망이 찾아오더라도 모든 것을 품고, 그 안에서 배우며 인생을 알차게 꾸며가는 것이 그 시기에 할 수 있는 최선이다. 내가 남보다 못하다는 것을 생각하기보다는 조금 더 잘할 수 있는 것을 생각하며 자신감을 가지고 인생을 헤쳐나가라고 작가는 지금까지도 내게 조언해주고 있다. 그래서 이 책을 책장 가장 잘 보이는 곳에 놓아두는 것만으로도 참 힘이 됐다. 그리고 7년이 지났다.

나는 여전히 불완전한 존재이며 성장하고 있는 중이다. 요즘은 필립이 미술공부를 하던 시절, 동료 크론쇼가 페르시아 양탄자를 건네주며 던진 '인생의 의미'에 대한 물음을 생각해보게 된다.

"인생은 태어나서 고통받다가 죽는다는 것이란다."

이 정의가 사실이라면 우리는 태어나서 지금껏 행복을 찾아가기 위한 고통 속에 놓여 있었을 것이다. 하지만 페르시아 양탄자의 요란한 무늬처럼, 사람들의 행위는 그저 인생에 있어서 여러 개의 무늬를 만드는 것에 지나지 않는다. 고등학교 시절의 풋내기 방황도 겪어내고, 대학시절 이런저런 고민의 과정 또한 막바지에 다다른 지금, 나는 그 모든 고민들로 말미암아 내가 만든 양탄자의 무늬도 조금은 더 다채롭고 아름다운 무늬를 만들어가고 있다고 자신 있게 말할 수 있다.

때론, 내 인생의 마지막 페이지를 살짝 엿보고 싶다는 생각이 간절하다. 내가 가는 이 길이 맞는지, 이 길로 곧장 가면 내가 잘할 수 있는 그 무언가가 나타나긴 하는 건지, 그게 아니라면 지금은 상상도 안 되는 엄청난 터닝포인트가 찾아와 나를 또 다른 새로운 길로 안내해줄지 알고 싶은 것이다.

정답이 없다는 것은 학창시절 내게 제일 막막하고 무서운 일이었다. 하지만 『인간의 굴레』의 필립과 함께 커가면서 나는 내게 오는 힘겨운 과정들을 성장의 자양분으로 만드는 법을 조금씩 터득해 왔다. 그리고 막연한 행복만을 기다리느라 현실을 즐기지 못하던 나를 반성했다. 불행으로 바뀔까봐 늘 노심초사하게 하는 알량한 행복보다는 잔잔하지만 늘 그 자리에, 그렇게 있을 것 같은 '평온과 편안'만이 내 곁에, 내 사랑하는 사람들 곁에, 영원하길 바라면서……. 힘겹던 열여덟 살 내게 손 내밀어준 필립과 샐리의 평온한 해피엔딩을 기원한다.

인생을 양탄자의 무늬로 보게 된 자신의 사상을 떠올렸다. 따지고 보면 그가 겪은 불행이란 정교하고 아름다운 장식의 일부에 지나지 않는다. 그리고 속으로 다짐했다. 권태이든 걱정이든, 쾌락이든 고통이든, 모든 것을 즐거운 마음으로 받아들여야 한다. 왜냐하면 그것이 삶의 무늬를 더 풍부하게 하니까.

_____ 본문 중에서

『인간의 굴레』

1915년 출간되었으며 자전적 색채가 짙은 서머싯 몸의 장편소설이다. 주인공 필립은 어려서 양친을 잃고 콤플렉스 속에 성장하여 하이델베르크와 파리에서 공부하면서 인생의 의의를 탐구한다. 한편 드센 여자와의 연애로 생활이 파괴되고 그가 발견한 것은 인생은 무의미하고 연애 등에 집착하는 것이 불행의 원천이라는 것이었다. 결국 평범한 아가씨와의 결혼으로 이 작품은 끝난다.

아무도 길을 알려주지 않을 때, 역사는 사막에서의 별이다

고우영 『십팔사략十八史略』

김가영 (이화여자대학교 사회학과 2학년)

많은 이들 앞에서 그동안 살아온 날들에 대해 말하자니 오늘도 멋쩍다. 7년 동안 다른 이와 똑같이 공부하고 저녁엔 사업을 하며 참 많은 일이 있었다. 외로운 길을 달리고 달려 이제 스물두 살. 안 된다는 길을 되게 만들어 살아온 짧은 인생의 3분의 1이다. 그 길에 나를 희망에 차게 하고 멋진 미래를 향하게 한 것은 오로지 책이다. 누구나 똑같이 사는 삶에선 책은 그저 작은 취미거리일지도 모른다. 그러나 모두가 가지 않는 길을 갈 때에는 사막의 별과 같은 의미가 된다.

역사가 주는 명료한 해답

부자가 되고 싶은 아이, 남과는 다르게 살고 싶은 아이가 바로 나였다. 그러나 세상은 나에게 항상 부족하다 말했고 내 능력은 거기까지일 뿐이라 했다. 모두가 달리는 길을 달리기에는 한없이 부족한 열다섯 살. 부모님은 누구보다 성공적으로 교육시키고 싶어 하셨고 기대는 식을 줄 몰랐다. 그러나 실상의 나는 다섯 살에 작곡을 하고 지휘를 하는 모차르트도 아니고, 유연성과 민첩성을 타고난 운동선수도 아니었다.

말도 늦고 이해력도 늦은 나는 천재가 아니었다. 그런데 나는 다르고 싶었다. 막연히 멋지게 살고 싶은 욕심을 가지고 있었다. 부모님의 꿈을 이루어 드리고 싶었다. 이유는 모르지만 기대에 부응할 때 흐뭇해하시는 모습이 좋았다. 현실과의 괴리에서 열다섯 살밖에 되지 않은 아이는 힘들어 하고 슬퍼했다.

왜 다르게 살고 싶을까. 초등학교 시절을 지나 중학생이 되면 많은 친구들은 자신의 능력에 순응한다. 느리고 두각을 나타내지 않는 사람은 서서히 박수 받는 자리에서 멀어져간다. 내 주위의 친구들은 어느덧 평범하게 사는 것이 행복하다는 누군가의 진리를 믿어간다. 그런데 자꾸만 나는 되지도 않는 능력으로 다르게 살고 싶다는 생각을 한다.

순응하지도 못하고 자꾸 아파진다. 최선을 다하고 있는 내게 더 나는 『십팔사략』에서 삼국지의 최종 승리자였던 조조의 위나라가 사마씨에 의해 다시 멸망하는 것을 보았다. 한 시대를 기술한 짧은 역사서로는 볼 수 없었던 승자의 뒷모습도 볼 수 있는 책, 달고 감칠맛 나면서 동시에 쓰고 매운 역사 그것이 진짜 『십팔사략』의 맛이다.

노력하라는 말은 가끔 가시처럼 마음에 박히고 오히려 현실 속에 나를 묶는다. 잘하고 있다는 부모님의 말씀은 때론 천근의 돌덩이가 되어 나를 누른다. 아무에게도 묻기 싫을 때가 있다. 아무도 알려주지 않을 때가 있고, 어느 누구도 답해줄 수 없는 때는 반드시 있다.

시험공부를 한다며 들른 시립 도서관의 한 코너에서 만나 내 삶의 거울이 되어 준 친구가 있다. 방대한 중국의 정사를 간략하게 정리해놓은 증선지의 『십팔사략十八史略』을 고우영이 만화로 옮긴 책이다. 누군가 낮은 계급의 사람들은 오늘을 걱정하며 살고, 중산층은 한치 앞의 내일을 예측하려 노력하며 살지만 시대를 이끄는 리더는 어제를 돌아보며 산다고 했다. 인간이 만들어놓은 역사는 짧지 않아서 그 안의 지혜를 다 익히는 것도 쉬운 것이 아니다. 그래서 우리는 역사를 계속 배우는 것이다.

『십팔사략』은 정사다. 승리한 자가 써놓은 역사인 것이다. 앞에서 이야기한 대로 누군가에게 물을 수 없어 혼자서 결정을 해야 하는 순간에 내 주위의 사람들이 경험하지 못했다고 해도, 역사에서는 대부분의 해답을 찾을 수 있다. 특히 삼황오제에서부터 송말에 이르는 역사 속에서는 심오하기보다는 명료하게 해답을 일러준다. 모두가 가는 길에서는 1등도, 2등도 살아남을 수 있다. 길이 넓고 고르기에 마차를 타고 달리는 1등이나 느린 속도로 달리는 중간 등수도 떨어지지 않고 달릴 수 있다.

191

하지만 길도 아닌 길을 내며 숲속을 가로질러 정상으로 뛰고 있는 사람은 자칫 한 걸음만 내딛으면 천 길 낭떠러지로 떨어진다. 결국 살아남아야 하고, 해답을 찾아야 한다. 『십팔사략』은 본래 초학자를 위해 지어진 책이다. 그래서 읽기에 거침이 없고, 오랜 시간 논쟁에 사로잡히지 않게 지어졌다. 그리고 그런 책을 만화로 그려서 더욱 편하다. 순식간에 오래된 도서실의 구석에서 훑어내리기에 어려움이 없었던 이 책은 다시 읽고 또 읽을수록 그 단순명료함에 감춰진 깊이에 다시 한 번 매료된다.

믿음과 확신 그리고 추진력

누군가 내게 반론할 것이다. 왜 다르게 살아야 하느냐고. 하지만 다르게 살라고 이야기하는 것은 내가 아니라 세상이다. 직업이 수없이 분화되고 사라지고 생겨나는 세상에 사는 우리가 선택해야 하는 문제인 것이다. 안정성을 상실하고 위험이 증대되는 세상에서는 모두가 가는 아스팔트 길도 기상이변으로 한순간에 파괴되고 마는 위험한 세상에 사는 우리의 숙제일 것이다. 이러한 숙제를 해결하는 데 주위의 어른이나 친구들이 큰 도움이 되지 않는 상황이 점점 늘어가는 시대에 살고 있는 것이다.

또한 다른 이는 능력껏 사는 것이 왜 나쁘냐고 물을 것이다. 그렇

17살, 나를 바꾼 한 권의 책

게 묻는 이가 간과한 것이 있다. 과연 우리가 우리의 능력을 무엇으로 계량하고 비교하는지, 어른 아이가 어른이 되어가는 과정에서 무엇을 기준으로 등수를 나누는지 생각해보아야 한다. 어린 나는 예능과 체육 분야에서 천재의 재능을 타고난 것이 아니었고, 명석한 두뇌를 바탕으로 공부를 잘하는 것은 더더욱 아니며, 노력한다고 모두가 공부를 잘하는 것 역시 말도 안 된다. 그러한 능력을 타고나진 않았지만 내게는 어릴 적부터 소위 망상이라고 불리우는 상상의 세계가 있었다.

부모님이나 선생님 모두 그것은 능력이 아니라고 했으나 책과 역사 속의 많은 인물들은 기존의 생각을 뛰어넘는 방법으로 시대의 흐름을 바꾸어놓았다. 세상은 나에게 능력이 아니라 했으나 능력을 가지고 싶었기에 지금껏 지켜올 수 있었다. 능력껏 살아가는 것이 나쁜 것이 아니라 외부의 요소들이 말하는 능력을 제외하고는 능력이 아니라 말하는 것이 문제다.

사회가 복잡해질수록, 개개인에게 자유가 많이 주어질수록 선택에 따른 책임도 개인이 지게 된다. 그리하여 왜 사는지, 어떻게 살아가야 하는지 끊임없이 생각하고 고민해야 하는 시대가 왔다. 옳고 그름이 분명치 않은 사회에서 중요한 것은 자신의 판단이고 이에 따라 행동하여 관철시키는 든든한 추진력이 필요하다. 그리고 이러한 추진력의 뒤에는 자신에 대한 믿음과 확신이 필요한데 그 근거를 역사에서 찾을 수 있을 것이다.

3. 내가 잘할 수 있는 것

나는 『십팔사략』에서 삼국지의 최종 승리자였던 조조의 위나라가 사마씨에 의해 다시 멸망하는 것을 보았다. 한 시대를 기술한 짧은 역사서로는 볼 수 없었던 승자의 뒷모습도 볼 수 있는 책, 달고 감칠맛 나면서 동시에 쓰고 매운 역사 그것이 진짜 『십팔사략』의 맛이다.

『십팔사략』

중국 각 시대의 정사正史로 꼽히는 18가지의 역사서를 간추려 편집한 증선지의 『십팔사략』을 원작으로 삼아 고우영 특유의 유머와 해학으로 풀어낸 중국 역사 이야기 만화이다. 수많은 영웅호걸들의 이야기와 고사성어의 유래를 재치와 해학이 넘치는 연출로 버무려 잠시도 지루할 틈이 없는 책이다.

잘난 사람은 날 때부터 정해져 있다?
행복에는 의미 없는 유전자

데이비드 플로츠 『천재 공장』

이지숙(연세대학교 도시공학과 3학년)

고등학생이 된 첫 달이었다. 동네에서 멀리 떨어진 고등학교에 배정받아 아는 친구는 전교를 통틀어도 몇 되지 않았고 그나마 믿고 있었던(?) 배치고사 성적도 기대 이하였다. '소통의 힘'을 최고로 치는 나로서는 제대로 대화를 나눌 친구가 없다는 것과, 공부라도 잘했으면 선생님 눈에라도 띄지 않았을까 하는 생각에 정말 우울했다.

5월 초까지 난 졸업만을 꿈꿨던 것 같다.(절대 대학 잘 가자 이런 것이 아니다.) 잘하는 것도 하나 없고, 말주변도 없고, 친화력도 떨어지는 것 같은 내가 너무 싫었는데, 애꿎은 부모님 탓만 계속했다. "엄마가 날 이렇게 낳아줘서 그렇잖아!", "아빠가 좀 더 잘생겼으면 내가 예쁘기라도 했을 거 아냐!"

217명의 '천재 공장표' 아이들

특히 성적에 관한 한, 고등학교에 막 입학한 아이들이 대개 그렇듯이 상당히 예민했던 것 같다. 벌써 나보다 성적이 좋다고 판명된 아이들은 저 멀리 앞에 있고, 시간은 동일하게 주어졌으니 내가 아무리 노력한들 성적이 오르는 속도는 그 아이들의 경우가 훨씬 높을 것이었다. 성적 문제로 담임선생님과 상담하며 절망감(!)에 살짝 울었던 기억도 난다.

달리 말하면 난 우생학 신봉자였는지도 모른다. 한 사람의 특성은 날 때부터 정해져 있다. 가장 원초적이고 가장 강력한 '유전자'라는 것에 모두 예정돼 있기 때문이다. 아무리 노력한들 바뀔 수 없는 것이 있다.

"부모님 머리가 좋으면 그 아이들도 우등생이다. 백인은 어떻게 하든 흑인보다 똑똑하고 깔끔하고 합리적이다. 황인은 어떻게 하든 그런 백인들을 따라갈 수 없다."

이런 말들을 철석같이 믿었다는 뜻과 똑같지 않은가. 난 별로 좋지 않은 유전자를 받았다. 고로 난 이 상태에 머무를 수밖에 없다…….

그런데 30년 전, 이미 나와 비슷한 생각을 하고 실행에 옮긴 사람이 있었다. 안경알을 플라스틱으로 처음 만들어 떼돈을 벌었던 미국인 로버트 그레이엄이다. 그는 맨 처음에는 막대한 돈을 가지고 작은 섬을 사들여서 '엘리트 마을'을 조성하려 했다. 하지만 쉽게 일이 풀리지 않자 때마침 태동한 인공수정의 원리에 눈을 돌렸다. 1980년에 '후손 선택을 위한 저장고'라는 이름의 정자은행을 짓는다. 일명 '천재 공장'이다.

닮은 사람을 만들겠다는 게 내 의도가 아닙니다. 특별하고 특수한 인종을 만들자는 것도 아닙니다. 다만, 이렇게 하지 않으면 태어나기 어려운 훨씬 창조적이고 지성적인 인간 몇 명이 태어나길 원할 뿐입니다.

그러나 사실 그는 훨씬 창조적이고 지성적인 인간 몇 명에 비교할 수 없이 거대한 야망을 꿈꿨다. 자신이 세운 저장고는 시험용이고 머지않아 세계에 그와 비슷한 저장고들이 들어설 것이라고 했다. 그는 인문, 예술 분야는 배제한 채 과학적으로 뛰어난 업적을 쌓은 사람들에만 주목했다.

노벨상 수상자 세 명을 비롯해 과학계 지성인 몇 명을 섭외해 그들의 정자를 모아 보관했다. 그리고 '우수한' 여성이라 판명되는 경우에게만 그것을 팔았다. 그렇게 하여 1999년까지 217명의 아이들이 탄생됐다. 『천재 공장』의 저자 데이비드 플로츠는 그 아이들의 현재 모습을 추적했다. 정말 천재였는가, 잘 살고 있는가?

아이큐보다 의지와 노력이 미래를 만든다

되씹어 볼수록 참 간단한 원리다. 우수한 유전자를 조합하면 당연히 우수한 아기가 태어날 것이다. 하지만 인간이라는 오묘한 존재가 생겨나는 데는 그렇게 단순한 원리만 작동하지 않는다.

'도란'이라는, 로버트 그레이엄이 생산해낸 최고의 결과물이라고 평가받는 28세 청년이 그것을 증명한다. 그는 '탁월한 유전자를 갖고 태어났다는 건 아무 의미가 없다'고 외친다.

천재를 만들어낸다는 생각 자체가 잘못된 것입니다. 아이큐가 높다고 좋은 사람이거나 행복한 사람이란 뜻은 아니잖아요. 사람은 윽박지르거나 강요하지 않고 사랑으로 대하는 부모 아래에서 성장하면 제대로 큽니다. 내가 만일 아이큐 180이 아니라 100으로 태어났어도 충분히 잘 살았을 겁니다. 훌륭한 사람을 단순히 유전자만으로 만들어낼 수 있는 건 아니지요.

그렇다. 한양의원 김광진 의사도 '복제'를 주제로 한 한 칼럼에서 말했다.

사회적으로 성공한 성인이나 독재자가 영원한 생명을 유지하기 위해 체세포 복제를 한다는 것은 전혀 엉뚱한 상상일 뿐이다. 복제는 그와 똑같이 생긴 다른 사람을 탄생시킬 뿐이기 때문이다. 인격도 기억도 능력도 다를 것이다. (…) 따라서 체세포 복제 기술이 광범위하게 활용되는 시기가 오더라도 그 사용은 일부에 제한될 것이다. 즉 경제적으로 여유가 있는 부부가 아이를 사고로 잃은 경우, 아이의 체세포에서 떼어낸 염색체로 복제아를 만드는 경우이다. 죽은 아이와 거의 똑같은 모양의 동생을 키우며, 아이를 잃은 슬픔을 대신할 수 있을 것이다. 그러나 그 동생은 죽은 형과 같은 유전형질을 가졌을 뿐, 형의 기억과 형의 습관을 똑같이 가질 수는 없다.

우생학 논의로 다시 돌아오자. 적어도 대학 입시를 위한 공부에서는 뛰어난 머리란 원초적으로 존재하지 않는다. 굳이 나를 이야기 하긴 쑥스럽지만, 고등학교 초반까지 '그저 그런' 아이였던 나는 지속적으로 관심을 가져주고 보듬어준 부모님과 선생님 덕에, 우수한 성적을 받을 수 있었다. 물론 나도 3년 동안 거의 매일 가장 늦게까지 야간 자율학습을 하는 등 꾸준히 노력했다. 그리고 조금씩 조금씩 친구들에 다가간 덕에 지금은 평생 잃지 않을 친구를 적지 않게 두었다.

여러분도 할 수 있다. 중요한 건 당신의 주변에 있는 사람들과 당신이 처해 있는 현재 상황이다. 무엇보다 그것들을 조정하는 것은 당신의 의지와 노력이다. 217명의 '천재 공장표 아이들'이 어떻게 살고 있는지 들여다보고 생각해보길 바란다.

『천재 공장』

1980년에 인류를 개조하고 진화의 수레바퀴를 거꾸로 돌리겠다는 야심찬 목적으로 매스컴의 집중조명을 받으며 '후손 선택을 위한 저장고'가 미국에서 화려하게 문을 열었다. 노벨상 수상자의 정자만을 기증받아 IQ 160 이상인 멘사의 여성회원들에게만 정자를 제공한다고 밝혀 화제가 된 이 정자은행에서는 1999년 문을 닫을 때까지 19년 동안 217명의 천재 아이들이 태어났다. 데이비드 플로츠는 이 책에서 4년여의 끈질긴 추적 끝에 얻어낸 사실을 밝힌다.

17살, 나를 바꾼 한 권의 책

좌절을 겪었던 역사 속 위인들,
그들의 패배가 매력적이다

볼프 슈나이더 『위대한 패배자』

이수영(쿠퍼유니언Cooper Union 토목공학과 1학년)

우리 사회에서, 한 사람의 잠재 능력은 진정한 그 사람의 모습이 아닌, 사회와 보통 사람들에 의해 만들어진 어떠한 기준에 의해 평가되는 것 같다. 그 기준에 맞지 않는 사람들에게는 잠재력을 보여 줄 기회도 주어지지 않고, 패배자라는 이름이 따라 붙게 된다. 그런 기준들은 쉽게 사라지지도 않고, 이겨내기도 힘들다.

중학교 3학년 때, 나도 다른 많은 아이들이 그러하듯 소위 특목고에 가고 싶었다. 내가 특별히 뒤쳐진다고 생각하진 않았지만, 여행이 되었든 연수가 되었든 해외에 나가본 경험도 단 한번도 없는 나에게 토플 시험은 너무 어려웠고, 수학을 잘 못하는 나에게 고등학교 수학까지 공부를 해가며 수학경시대회를 준비하는 것은 무리였다. 결과는 당연히 탈락이었다.

탈락하고 나서의 얘기나 그 과정을 자세히 설명하고 싶지는 않다. 나와 같은 경험을 한 청소년들—특목고 입시에서 좌절을 맛본 학생들—은 그것을 성취한 학생들보다 훨씬 많을 것이다. 하지만 자세히 얘기하지 않아도 그 시련을 겪은 사람들은 얼마나 힘든 경험인지 다 안다. 아무도 나에게 '넌 패배자야'라고 말하지 않았지만, 내 가슴 한 구석에는 '난 패배자야'라는 생각이 늘 떠나지 않고 있었다.

나는 특목고 입학이라는, 굳이 말하자면 태어나서 처음 겪은 나의 능력을 평가하는 공식적 기준에서 실패한 아이였고 스스로 나의 잠재 능력을 보여줄 기회를 놓쳤다는 생각에 늘 힘들어 하고 가슴 아파했다. 단순히 가슴 아팠다고만 설명하긴 힘든 감정이었다. 특목고 교복을 입고 가는 아이들을 보면 묘한 질투심이 생겨났고, 나의 진정한 능력과 그릇이 얼마나 크고 깊든 아직까지는 내가 그 아이들보다 잘할 수 있다는 객관적 평가 기준이 전혀 없다는 사실에 너무 속상하고 화났다.

난 고등학교 때부터 미국 유학 준비를 했는데, 유학 준비를 하는 학원에 가면 이 패배자라는 생각이 나를 너무나도 크게 짓눌렀다. 학원에는 나를 제외하고 인문계 학생은 한 명도 없었다. 특목고 아이들만 있었고, 그 아이들 틈에 있으면 괜히 자존심이 상하고 열등감을 느꼈다. 그리고 특목고 학생들의 부모들이 내가 입은 교복을 보고 인문계 학생이라는 걸 보면서 '능력도 안 되는 도피 유학 준비생'이라는 식의 말을 속닥거릴 때면, 내 인생은 내 참모습을 보여주기도 전에 이미 실패해버린 것 같다는 생각이 들었다.

승리와 패배의 차이

세월이 약이라고, 점점 시간이 지나면서 내 자신을 '패배자'라고 생각하는 것도 줄어들었다. 당연히 시간이 해결해줄 거라고 생각했었고 실제로도 그랬지만, 내가 결정적으로 그러한 생각에서 벗어나게 된 데에는 한 권의 책, 『위대한 패배자』의 도움이 있었다.

책을 통해 본 이 세상은, 말 그대로 '패배자의 천국'이었다. 그 유명한 나폴레옹도 결국 패배를 맛보았고, 20세기 세계 평화를 구축하는데 큰 역할을 한 미하일 고르바초프도 어찌되었든 레이건에게 패배를 맛보았다. 인류의 위대한 화가 빈센트 반 고흐 역시 살아서는 인정을 받지 못한 패배자였다. 정말 소수의 사람만을 제외하고는 내가 알고 있던 많은 사람들, 역사 속의 위인들이 수없이 많은 패배를 겪고 좌절해야만 했다.

내가 단 한 번도 패배자라고 생각하지 않았던 사람들, 또한 단지 안타까운 운명을 가진 사람들이라고 생각했던 위인들이 우리가 보통 사람을 평가하는 엄격한 사회의 기준에 따르면 영락없는 패배자였다. 심지어 동생에게 짓밟힌 작가 하인리히 만, 감옥으로 간 작가 오스카 와일드, 노벨상을 빼앗긴 물리학자 리제 마이트너 같은 사람들의 실패와 추락에 대한 일화를 읽으면 읽을수록 그들에게는 미안한 소리지만 그들의 패배가 참 매력적이었다.

처음 책을 다 읽었을 때에는 별 생각이 없었다. 솔직히 너무나 다양한 사람들의, 다양한 패배에 대한 이야기를 읽어 내려가면서 정신이 없기까지 했다. 나는 주로 책을 재미로 읽지, 어떠한 교훈과 힘을 얻기 위해 읽는 스타일이 아니기 때문에 이번에도 역시 그다지 확 다가오는 무언가는 없었다.

하지만 길을 걷거나, 학교로 향하는 버스 안에서, 가만히 책상에 앉아 있을 때면, 이 책이 생각났다. 문장 하나하나가 생각나는 건 아니었지만, 진정한 '패배'란 무엇인지에 대한 고찰을 하게 되었다. 책의 내용에 대해 고민하는 것이 아니라, 책이 다루고 있는 주제에 대해 나만의 생각과 철학에 대해 곰곰이 생각하게 되었다.

지구상의 수많은 사람들은 극소수의 사람들을 제외하고는 모두 패배자다. 스스로 인정하려 들지 않을 뿐이지, 사람들이 서로를 평가하는 기준을 적용했을 때 패배를 맛보지 않은 사람들은 거의 없다. 내 주변의 모든 사람들은 엄밀히 말해 다 패배자들이고, 아마 내 평생 진정한 승자를 만날 수도 없을 것이다. 갑자기 이런 생각이 들었다. '수십억 명의 사람들, 아니 이제까지 살아왔던 사람들 모두

하지만 난 전혀 걱정되거나 두렵지 않다.
인간의 이분법적 사고에 의한 편견을 벗어나 나만의 철학으로 나에게 다가올 일들을 이겨낼 것이다. 난 이제 '패배자'란 존재하지 않는 것이고 내가 했던 것처럼 매일을 승리자로 살기 위해 노력하고 남들이 어떻게 생각하든 나 스스로 '승리자'라고 믿는다면 그렇게 될 것을 알기 때문이다.

합친 가운데 겨우 몇 만 정도의 사람들이 진정한 승자라면, 도대체 승자와 패배자를 구별하는 게 무슨 의미가 있는 것일까?'

사람들은 패배와 승리를 구별해내는 데 안달이 되어 기준을 정하고 그 기준을 적용하고 있을지는 몰라도, 이제 더 이상 나에게 그 두 가지는 전혀 중요한 것이 아니었다. 진정한 '승리자'는 한 시대에 몇 존재하지도 않는데, 굳이 승리와 패배를 통해 사람들을 나눌 필요도 없고, 그러한 평가 기준이 존재한다고 해도 그냥 내가 스스로 승리를 이루었다고 생각한다고 해도 아무런 문제가 없다는 걸 깨달았다.

아르키메데스가 "유레카!"를 외친 것처럼 순간적으로 튀어나온 생각은 아니었지만, 나의 패배와 승리에 대한 나름의 철학은 천천히 내 삶에 스며들었고 많은 변화를 가져왔다.

패배가 아니라 승리를 하루 쉰 것뿐

사람들이 나의 잠재력을 평가하려 드는 기준 따위는 가볍게 무시해버렸다. 내가 은광여고 교복을 입고 있든 특목고 교복을 입고 있든 나의 진가를 제대로 알아줄 수 있는 건 나밖에 없다고 생각했다. 내가 하루하루 내 할 일을 해나가며 살아가면 난 그날의 승리자로 하루를 산 것이고, 뭐 비록 계획을 지키지 못한다거나 좋지 못한 일이 있더라도 그건 패배가 아니라 승리를 하루 쉰 것뿐이다. 나는 천천히 나의 목표를 위해 노력하고 공부했고, 남들이 뭐라고 나를 판단하고 현재 내가 남들이 흔히 생각하는 기준에 의해서 패배자로 비춰진다 해도 신경 쓰지 않았다.

내가 패배자라는 생각에서 벗어난 것과는 상관없이 인문계 고등학교에서 유학을 준비하는 건 정말 힘든 일이었다. 학교의 교과과정 자체가 한국 입시를 위해 만들어진 것이었고 450명의 학생들 중 단 한 명, 나만을 위해 학교에서 편의를 봐줄 수 없는 것은 당연했다. 스스로 찾아서 공부해야 하는 어려움도 많았고, 가끔 영어공부와 유학 준비에 지칠 때 같이 의논하고 힘을 얻을 친구들도 없었다. 학교에서 유학에 관련된 정보를 얻을 수 없어 혼자서 전전긍긍하며 돌아다니고 정보를 수집하기도 했다. 지금 생각해보면 오히려 인문계 학교를 다닌 것이 스스로 공부하고, 혼자서 힘든 상황을 긍정적으로 생각하며 힘든 미국에서의 대학생활을 견뎌낼 수 있게 해준 것 같다.

그리고 2007년 12월 23일. 미국 뉴욕의 쿠퍼유니언 Cooper Union for the Advancement of Science and Art에서 합격 통지서가 도착했다는 전화를 받았을 때, 꿈만 같았던 그 일이 현실로 이뤄졌을 때, 힘겹게 공부했던 기억, 패배자라는 생각에 힘들어 했던 시절이 떠오르며 나도 모르게 울음이 터져버렸다. 남들이 우리 학교를 어떻게 생각하든 말든 난 내가 가장 가고 싶었던 학교, 가장 원했던 전공으로

3. 내가 잘할 수 있는 것

입학하게 된 것이고, 결과와는 상관없이 이미 이 여정을 걸어온 것만으로도 나는 너무나 값지고 큰 승리를 성취한 것에 너무 기뻤다.

5개월이 다 되어가는 지금에도, 그때를 생각만 하면 아드레날린이 솟아오른다. 그리고 아직도 그 기쁨에 늘 행복해하며 하루하루를 보낸다. 입학하기 전까지 한국에서 보내는 시간 동안 이것저것 많은 경험을 하고 있다. 정말 지겹도록 놀고 있고, 일주일 동안 책상 앞에 앉지 않았던 적도 있고, 시험을 위한 공부가 아닌 내가 정말 하고 싶어 시작한 공부도 하고 있다. 아마 지금이 이제까지 내 인생에서 가장 소중하고 행복한 시기가 아닐까 싶다.

내가 예전처럼 계속 패배자라는 생각에 힘들어 하고 남모를 열등감을 가졌다면 지금 내가 느끼는 행복과 성취감은 없었을 것이다. 하루하루를 승리자라고 생각하며 나의 목표를 위해 노력했고, 그런 노력이 내가 원하는 꿈을 이루게 해주었다.

대학 입학이 내 인생에서 가장 큰 일이라고는 절대 생각하지 않는다. 난 이제 겨우 스무 살이고, 앞으로 나의 학교 그리고 뉴욕에서 펼쳐질 4년 동안의 기간에 수없이 많은 도전과 사건들이 있을 것이다. 학교를 졸업하고 나면, 아직은 상상할 수 없지만 무궁무진하게 많은 일들이 벌어질 것이고 그럴 때마다 늘 사람들은 사회가 정한 일정한 기준에 따라 패배와 승리를 나누려 할 것이다.

하지만 난 전혀 걱정되거나 두렵지 않다. 인간의 이분법적 사고에 의한 편견을 벗어나 나만의 철학으로 나에게 다가올 일들을 이겨낼 것이다. 난 이제 '패배자'란 존재하지 않는 것이고 내가 했던 것처럼 매일을 승리자로 살기 위해 노력하고 남들이 어떻게 생각하든 나 스스로 '승리자'라고 믿는다면 그렇게 될 것을 알기 때문이다.

『위대한 패배자』

패배의 유형을 10가지로 나누어 과거에서 현대까지 다양한 분야에서 활동한 25명이 넘는 위대한 패배자를 소개한다. 볼프 슈나이더는 승자들의 전유물로 간주되었던 기존의 역사관에 반기를 들고, 승자들의 그늘에 가려져 역사의 뒤안길로 사라져간 패배자들의 삶의 진실한 모습을 세상에 알리고자 한다. 인간으로서 겪을 수 있는 모든 좌절과 고통을 경험했기 때문에 인간보다 더 인간적인 이들 패배자들은 우리가 인지하고 있는 영웅들보다 훨씬 더 깊고 광범위하게 세계사에 영향을 미쳤다. 볼프 슈나이더는 이들을 '위대한 패배자'로 이름지었으며 그들의 삶을 통해 바로 우리 자신이 '위대한 패배자'와 다름없음을 발견할 수 있다.

나와 다른, 그러나 닮은 당신들을 이해하라
에이미 탄 『조이럭 클럽』

천국은 만드는 것이 아니라 만들어지는 것이다
토니 모리슨 『파라다이스』

다른 사람과의 관계 개선을 원하는가, 자기애가 타인을 끌어들인다
이민규 『끌리는 사람은 1%가 다르다』

카네기가 말하는 성공 비법, '최선을 다해 살라' 는 단순한 진리
데일 카네기 『인생은 행동이다』

나와 다른

그러나 닮은

나와 다른 그러나 닮은

나와 다른,
그러나 닮은 당신들을 이해하라

에이미 탄 『조이럭 클럽』

박보란(서울대학교 경제학과 3학년)

우리는 누구나 타인에게 기대를 부여받고, 또 타인에게 기대를 걸면서 살아간다. 개인에게 기대되는 역할이란 한 가지가 아니다. 부모님은 착한 자식이기를, 선생님은 예의바른 학생이기를, 친구들은 속 깊은 친구이기를, 이외에도 다양한 사람들이 제각각 '나'에게 어떠한 이미지를 기대한다.

그런데 이러한 역할 기대에는 양면적 속성이 있어서 그것은 나를 좀 더 앞으로 나아가게 만드는 원동력이 되기도 하지만, 때로는 나를 구속하고 속박하기도 한다. 그들이 부여하는 기대와 역할에 부응하면 나는 그 사람과의 '관계맺음'에서 성공하지만, 그에 부응하지 못하면 타인에게 실망을 안겨줌으로써 실패하는 것이다.

타인의 시선으로 보는 나

남들의 시선과 평가에 예민했던 나는 타인이 나에게 어떤 역할을 기대하는가를 상당히 빠르게 파악해내곤 했다. 어찌 보면 착한 아이 콤플렉스가 있다고 할 정도로 타인의 요구에 맞춰 나를 변화시키고 본심을 숨기는 것에 제법 익숙해져 있었다. 그렇지만 언젠가부터 타인들의 이러한 '규정짓기'와 나의 '가면 만들기'에 염증을 느끼기 시작했다. 나는 어디까지나 나 자신이 될 수 있을 뿐인데 너무 많은 것을 요구받고 있다고 느끼면서, 모종의 반항심이 생긴 것이다.

『조이럭 클럽』을 만난 것은 이러한 회의가 최고조에 이르렀을 때였다. 나는 이 책에서 그 당시의 나와 아주 비슷한 캐릭터를 찾아냈다. 그것은 준이었다. 미국에서 새롭게 삶을 시작하려는 그녀의 어머니에게 준은 유일한 희망이다. 미국에서는 원하는 것은 무엇이든 될 수 있으리라 믿는 어머니는 준에게 '그녀가 가지고 있지 않은 재능'을 기대한다. 부모님과 주변 사람들을 실망시키지 않기 위해 준은 몇 번의 좌절을 감수해야 했다. 그녀의 어머니가 평범한 딸의 현실을 받아들일 때까지.

그리고 나는 곧 준뿐 아니라 다른 세 딸은 물론, 그녀들의 어머니들에까지 공감하게 되었다. 여덟 명의 여인들, 그녀들의 삶은 모두 달랐다. 그러나 또한 그녀들은 놀라울 정도로 서로 닮아 있었는데, 그러한 '닮음'은 결국 인간이라면 누구에게나 존재하는 본연적인 것이었다.

네 명의 딸과 네 명의 어머니는 모두 타인과의 관계 속에서 자아를 찾아 헤맨다. 그녀들은 온전한 자기 자신이 되기 위해 끊임없이 주변의 '규제'와 '기대'에 맞서 싸워나간다. 그러나 한편으로 그녀들은 자신들을 억누르고 있는 타인들에게 끊임없이 이해와 공감의 요청을 보낸다. 그러나 서로를 가장 잘 이해할 수 있는 모녀관계에서조차 그러한 공감과 이해는 쉽게 이루어지지 않는다. 제각각 가지고 있는 어떤 상처의 기억들이 그녀들이 정체성을 찾아가는 것을, 그리고 서로를 이해하는 것을 가로막고 있기 때문이다.

어머니들이 가지고 있는 유년시절의 상처는 딸들의 그것과는 사뭇 다르다. 어머니들은 여성이 억압받던 중국의 전통 사회에서 자유를 찾아 미국 땅으로 온 여성들이다. 그녀들의 인생은 전적으로 그녀들 의지의 밖, 주변 사람들과 주변 환경에 의해 미리 결정지어진다. 가문의 명예와 사회적 관습에 따라, 그녀들은 자신의 운명에 순응한다. 그러나 어머니들은 자신들의 유년시절의 쓰린 기억들을 곱씹으며 자신의 딸들은 그렇게 살지 않기를, 자신만의 삶을 찾아

4. 나와 다른 그러나 닮은

가기를 기대한다.

반면, 전형적인 이민 2세대로, 스스로 미국인이라고 생각하는 딸들에게 어머니들의 이러한 기대는 오히려 속박으로 다가온다. 중국어보다 영어를 더 잘 사용하고, 중국의 신화와 관습을 이해하지 못하는 딸들은 뿌리 깊은 중국적 사고를 가지고 있는 어머니들을 이해하지 못한다. 딸들은 어머니가 자신들에게 거는 기대에 심리적 저항과 충돌을 느끼고 완벽한 미국인도, 완벽한 중국인도 되지 못한 채 부유하는 정체성으로 상처를 받는다.

갈등 속에 찾아가는 자아

이러한 모녀간의 몰이해는 사실 인간관계에서 끊임없이 일어나는 아주 보편적인 현상이다. 사람들과 얽혀 살아가는 공간에서 누구나 타인에게 어떤 기대를 건다. 그리고 그러한 관계 속에서 자신의 정체성을 유지하려고 벽을 만든다. 이렇게 만들어진 벽은 타인의 기대와 충돌하여 또 다른 엇갈림을 만들고, 이러한 악순환은 서로 상처를 만들며 계속된다. 『조이럭 클럽』에서 네 모녀간에 일어난 많은 갈등들도 이러한 상처의 일환이었던 것이다.

그렇지만 서로 다른 상처를 안고 이해하지 못한 채 겉돌아도, 잘 들여다보면 여덟 명의 어머니와 딸들은 서로 닮아 있다. 그녀들의 인생이 서로 닮아 있다. 그녀들의 상처와 고민들은 시간과 장소를 달리하지만 딸들은 어머니가 되어가면서 알게 된다. 어머니들의 기대와 희망, 그리고 그로 인한 갈등은 자신들과 마찬가지로 타인들의 시선 속에서 어머니들 스스로를 찾아내려는 그녀들의 몸부림이었음을 말이다.

결국 딸들은 어머니를 향해 쌓아놓았던 장벽 뒤에 있는 어머니의 진실을 보게 된다. 자신들을 이해해주지 못하는 답답하고 완고한 어머니는 사실은 프라이팬을 갑옷으로, 뜨개질바늘을 칼로 삼고 있는 늙은 여인에 불과했던 것이다. 그제야 비로소 딸들은 어머니들을 이해하게 된다.

어머니와 딸은 한 핏줄이 흐르는 가족이자 같은 여성으로 다른 사람들보다 훨씬 더 끈끈한 유대로 연결되어 있다. 그러나 그 관계에서도 서로에 대한 완전한 이해는 불가능하다. 사람은 타인을 완벽히 이해하지 못하면서도 끊임없이 그들에게 무언가를 기대하는 모순적인 존재이기 때문이다. 그렇지만 『조이럭 클럽』은 마지막에 서로를 이해하는 모녀의 모습을 보여주면서 우리에게 인간관계에 대한 희망을 던져준다.

남들이 나에게 거는 부담스러운 역할 기대는, 어쩌면 나를 이해하려는 서툰 시도인지도 모른다. 그들의 사고 속에서 자신들의 경험을 기반으로 나에 대한 이미지를 재구성해내는 것이다. 그러므로 타인들의 시선과 기대 속에서 허덕일 필요는 없다. 조금 시간이 걸

리더라도, 그러한 갈등 속에서 언젠가는 나다운 나를 찾아내어 타인에게 한 발짝 다가설 수 있을 테니까. 마치 소설 속의 네 모녀들처럼 말이다.

『조이럭 클럽』

중국 이민자 출신인 저자 에이미 탄의 체험이 녹아 있는 이 소설은 어머니와 딸이 서로의 문화적 차이로 인해 겪는 미묘한 갈등을 풀어나가는 이야기이다. 철저한 미국인으로 커온 딸은 미국에서 살면서도 중국식을 고집하는 어머니를 이해하지 못한다. 웨인 왕 감독에 의해 영화로 제작되어 화제가 되었다.

천국은 만드는 것이 아니라 만들어지는 것이다

토니 모리슨 『파라다이스』

이나래(서울대학교 경영학과 3학년)

　여러 가지가 있겠지만 중·고등학생들에게 가장 큰 고민거리 두 가지는 학업과 친구 문제가 아닌가 싶다. 학교에서 대부분의 시간을 친구들과 함께 보내는 것이 일반적인 중·고등학생들의 일상이기 때문에 더욱 그럴 수밖에 없다. 나 역시 마찬가지였다. 다른 친구들에 비해 성적이 우수했던 터라 학업에 대한 부담은 크게 없었지만, 친구 문제로 고민하고 힘들어 했던 적이 한두 번이 아니었다. 지금 생각하면 너무나 사소한 이유로 관계가 틀어지고 마음이 상했지만 당시에는 학업에 영향을 미칠만큼 가장 중요한 문제였다.

친구들 모두가 신경이 곤두서 있던 고등학교 3학년 때였다. 수능이 100여 일 남았을 무렵, 작은 오해로 여러 사람이 서로 어긋나고 속상해하는 일이 일어났다. 직접적인 관련이 없었음에도 어쩌다 보니 그 문제에 관여하게 된 나도 그 중의 한 사람이 되어 있었다. 갈등을 풀어보려는 노력이 계속 실패로 돌아가면서 고민은 하루하루 커져만 갔다. 수능까지는 얼마 남지 않았는데, 하루 종일 그 생각이 머릿속을 떠나지 않아서 힘들어 할 때 접하게 된 것이 토니 모리슨의 『파라다이스』라는 책이었다. 점심시간에 가끔 내려가곤 했던 학교 도서관에서 우연히 뽑아든 책이었는데, 그 우연이 흔들리던 나를 잡아주었다.

사실 『파라다이스』는 그렇게 재미있는 책은 아니다. 구성 방식과 내용 모두 난해하기 이를 데 없어서 쉽게 읽히지 않았다. 연대기적 흐름이 아닌, 등장인물들을 중심으로 이야기를 풀어내는 난해한 구성 방식을 취하고 있어서 나열된 이야기들을 유기적으로 연결해내는 것은 많은 주의와 집중을 요했고, 사건의 흐름과 인과관계를 파악하는 것조차 힘들었다.

또한 주류와 비주류, 남자와 여자, 개인과 집단, 기성세대와 젊은 세대 등 뚜렷한 대립구도에 놓여 있는 주체들이 사실은 분리되어 있지 않은, 유기적인 순환구조를 가지는 하나일 수 있다는 주제의식은 혼란스러웠다. 그럼에도 중간에 포기하지 않고 이 책을 끝까지 읽었던 것은 어려운 만큼 생각할 거리도 많았기 때문이었다. 특히 루비의 흑인들과 수녀원의 여성들 사이의 갈등을 피상적인 묘사 수준에서 그치지 않고, 이데올로기의 강요와 정체성 규정의 차원에서 다루고 있는 것이 인간관계의 문제로 고민하고 있던 나에게 크게 와 닿았다. 아울러 이분법적 잣대로 판단하는 것이 때로는 위험할 수도 있다는 것을 깨닫게 해주었다.

Paradise, 천국·낙원이라는 뜻의 책 제목은 이 소설의 전체적인 내용과 전개, 그리고 주제를 함축하고 있다. 간략하게 소설의 내용을 소개하자면, 루비라는 마을을 건설한 흑인들과 외곽 수녀원에서 생활하는 여성들, 크게 두 집단이 자신들의 파라다이스, 즉 지상 낙원을 찾아가는 각각의 과정과 그 과정에서 발생하는 비극과 아이러니가 노예 해방이라는 역사적 사건과 맞물려 현실적으로 그려진다. 흑인들이 자신들의 낙원을 찾아가는 것은 루비라는 완전하고 이상적인 공간을 설정하는 것에서부터 출발한다. 루비는 억압받던 흑인들이 이상향을 꿈꾸며 만들어낸 완전한 공간이다.

해방 이후 건설했던 마을 헤이븐의 쇠락을 경험하고 이루어낸 이상적 공동체인 루비를 지키기 위해 창립자들은 마을을 물리적으로 고립시키고, 또한 이상적이고 도덕적이지만 반강제적이고 획일적인 질서와 규율을 정립한다. 외부의 영향에서 완전히 자유로운 독자적이고 변하지 않는 마을을 만들려는 노력 덕분에 겉으로는 평화롭고 진정한 의미의 관계맺음은 사실 다양성을 인정하고, 받아들이고, 서로 다른 부분들은 조금씩 양보하며 맞추어 가는 것임을 깨달았을 때 오해나 갈등의 소지는 줄어들고, 보다 성숙한 관계를 만들어갈 수 있다는 것을 나는 그제서야 알게 되었다.

행복한 사회가 실현되는 것처럼 보였지만, 이는 곧 변화를 열망하는 젊은 세대의 반발에 부딪히게 된다.

또한 마을에서 연달아 이상한 일들이 발생하면서 불안심리가 확산되자, 결국 루비의 창립자들은 수녀원에서 생활하는 여성들을 희생양으로 삼아 당면한 문제를 해결하려 한다. 자신들의 낙원을 지키기 위해 타인을 해치는 루비 지도자들의 모습은 '모두가 평등하고 행복한 낙원의 건설'이라는 건설이념과 대비되는 아이러니다.

뿐만 아니라, 그들이 처음에 벗어나려 했던 백인들의 억압과 차별을, 그들 스스로가 수녀원의 여자들에게 행함으로써 루비를 건설하게 된 동기 자체가 그 의미를 잃게 된다. 수녀원에서 생활하는 여자들의 방식은 루비의 사람들과는 조금 다르다. 그들은 이상향이나 긍정적 가치를 따로 설정하지 않고, 있는 그대로의 서로를 인정하고 받아들이면서 낙원을 찾으려 한다. 제각각의 아픔을 지닌 서로 다른 여자들이 수녀원에 모여 살게 된 것은 어떠한 의도나 목적이 없이 자연발생적으로 진행된 일이었기 때문에 처음부터 그들에게는 강요되는 질서라든지 가치체계가 존재하지 않았다.

'틀리다'가 아닌 '다르다'로서의 관계맺음

무질서하고 비규율적인 모습을 보이던 여자들이 차츰 수녀원의

4. 나와 다른 그러나 닮은

구심점 같은 존재인 콘솔라타에게 의지하게 되면서 내면의 아픔을 털어놓고 또 치유해가는 과정에서 스스로의 질서를 만들고 자유로워지는 모습은 루비 사람들과 매우 대조적이다. 작가는 다양성의 인정에 강한 긍정적 가치를 부여하면서도 중립적이고 객관적인 입지에서 소설을 전개하여 루비와 수녀원 어느 한쪽도 명확히 옹호하지 않는 열린 결말을 제시한다.

두 집단의 결정적 차이는 자신의 가치관을 상대에게 종용하느냐의 여부에 있다. 이상적 공간의 유지라는 명분하에 마을 사람들뿐만 아니라 외부인인 수녀원의 여자들에게까지 자신들이 세운 가치체계의 잣대를 들이대던 루비의 지도자들은 습격 이후 오히려 마을에 더 큰 혼란과 분열이 발생하는 것을 목격하게 된다. 이것은 일반적인 관계맺음에 있어서도 중요한 시사점을 줄 수 있다고 본다.

대부분 관계가 틀어지게 되는 경우는 서로에 대한 오해 혹은 이해가 부족해서인데, 이는 상대의 입장이 아닌 자신의 생각과 가치체계만으로 상황을 파악하기 때문이다. 나와 다르다가 아닌 틀리다로 상대방의 행동을 규정짓는 순간 상대를 자신의 기대치에 맞추려하게 되고, 이에 어긋나는 모습을 인정하지 못하고 실망하게 되는 것이다. 진정한 의미의 관계맺음은 사실 다양성을 인정하고, 받아들이고, 서로 다른 부분들은 조금씩 양보하며 맞추어가는 것임을 깨달았을 때 오해나 갈등의 소지는 줄어들고, 보다 성숙한 관계를 만들어갈 수 있다는 것을 나는 그제서야 알게 되었다.

17살, 나를 바꾼 한 권의 책

관계에 관한 고민은 청소년기에만 국한되는 문제가 아니다. 나와 다른 사람들과 어울려 생활하는 것이 사회적 존재인 인간의 모습이기 때문에, 사람에 관한 고민은 평생의 고민이라 할 수 있다. 때문에 관계맺음에 대한 생각을 한 번쯤은 정립해보는 것이 필요하다. 관계를 맺는 방식은 각자 다르겠지만, 기본적으로 다름을 인정하고 있는 그대로의 상대방을 수용하려 노력할 때 서로를 이해할 수 있다는 것은 모두에게 공통으로 적용할 수 있는 기본적인 원칙이 될 수 있을 듯하다.

『파라다이스』

 토니 모리슨 특유의 상상력과 우아한 문제를 바탕으로 한 탄탄한 스토리 전개와 주제의식이 돋보이는 수작이다. 백인들의 박해를 피해 흑인들 스스로 건설한 마을 루비, 그 외곽 수녀원과의 사이에서 벌어지는 사건을 중심축으로 흑인과 여성의 정체성에 관한 무게 있는 주제를 펼치고 있다. 『파라다이스』는 토니 모리슨이 1993년 노벨문학상을 수상한 이후 첫 번째로 내놓은 소설이자 지금까지 발표한 작품들 중 최고작으로 평가받는 소설이다.

다른 사람과의 관계 개선을 원하는가,
자기애가 타인을 끌어들인다
이민규 『끌리는 사람은 1%가 다르다』

최호진(한국과학기술원KAIST 전산학과 1학년)

나는 내 자신을 보여주기가 두려웠다. 내 자신이 부끄러웠고, 내 본모습을 사람들이 본다면 실망하고 떠나갈 것이라고 생각했다. 이런 생각 때문인지 나는 친구들을 사귀는 데 있어서 믿음을 가장 중요시하였다. 내가 그들의 얘기를 남들에게 안 하듯이 그들도 내 얘기를 남들에게 하지 않기를 바랐고, 내가 내 자신에 대한 회의와 비관이 들 때면 내가 그렇지 않다는 것을 말해주며 내게 힘을 주기를 바랐다.

고등학교 3학년이 되기 바로 직전 나는 여자친구를 잃었고, 가깝다고 생각했던 친구들과 멀어졌다. 나는 그녀가 나한테 과분하다고 생각했다. 혹시나 마음은 없으면서 나와 잠시 놀아주는 것은 아닌가 하는 생각에 그녀의 마음을 자주 확인하고 싶어 했고, 그로 인한 마음고생도 심했다. 그녀와 헤어지고 난 후, 나는 더 이상 마음고생에 시달리고 싶지 않아 연락하지 않기로 다짐했다.

그런데 여자친구와 헤어지며 힘들었던 시기에 내 고민과 얘기를 털어놓던 친구들 중, 나에게는 소중하고 다른 사람들이 몰랐으면 했던 비밀 얘기들을 하고 다닌다는 친구가 있다는 것을 알게 되었다. 그 친구와는 서서히 말을 하지 않게 되었고 점점 멀어져만 갔다.

그렇게 여자친구와 가까웠던 친구를 잃고 나니 내 자신이 점점 더 한심하고 보잘것없어 보였다. 2년을 같이 생활한 친구들인데도, 주변을 돌아보면 그렇게 가까운 친구들이 많은 것 같지도 않았고, 그렇다고 초등학교 혹은 중학교 때부터 소위 '불알친구'라고 부를 만한 친구가 있지도 않았다.

내 인간관계에 대해 많은 회의를 느꼈고 이렇게 가다간 평생 진정한 친구 하나 남지 않을 것 같았다. 그러나 무엇이 문제인지도 몰랐다. 어떻게 해야 내게 소중한 사람들과 깊은 관계를 맺고 그것을 잃지 않을지 많은 생각이 들었다.

자기 비하, 대인기피의 악순환

그런 고민들 속에 1학기를 보내고 방학을 맞아 문제집을 사러 서점에 간 어느 날, 베스트셀러 중에 내 눈에 띄는 책이 있었다. 그것은 바로 이민규의 『끌리는 사람은 1%가 다르다』였다.

이 책은 사람들의 첫 만남부터 그 관계를 유지하는 과정을 심리학적으로 접근하며 건전한 인간관계를 맺기 위해 일상생활에 쉽게 적용 가능한 방법론을 제시하고 있었다. 이 책을 통해 인간관계에 대한 여러 안목을 키울 수 있었다. 무엇보다 내가 자기애가 부족하고 이로 인해 사람들과의 관계 발전이 어렵다는 사실을 알게 된 것은 큰 수확이다.

관계의 발전에 관한 단원의 도입부에 「나는 왜 나를 사랑해야 하는가」라는 장이 있었는데, 이 장은 자기 비하를 하는 사람들의 이야기로 시작되었다. 이런 사람들은 자기 비하를 함으로써 주변 사람들의 동정과 관심을 사 관계를 시작하게 되며 부족한 자신감을 회복한다고 하였다.

이렇게 시작한 관계는 결국 지속적인 관심을 기울여주는 데 지쳐 사람들이 멀어지기 마련이고, 이는 다시 자기 비하로 이어져 사람들을 기피하게 되는 악순환의 고리로 이어진다는 것이다. 이 부분을 읽으며 나는 지난 시절 내 삶의 태도를 되돌아보게 되었다.

중학교 시절, 나는 남들과는 다르고 싶었고 다른 누구보다 잘나

17살, 나를 바꾼 한 권의 책

고 싶었던 것 같다. 내 자신이 발전하고 더 나은 사람이 되기 위해서는 나에 대한 긍정적인 생각보다 부정적인 생각이 훨씬 더 많이 도움이 된다고 생각했다. 나에 대해서뿐만이 아니라 내게 일어나는 일이나 세상에 대해서도 최대한 비관적으로 생각해야 설령 그런 일들이 생기더라도 미리 대처할 수 있어 더 나은 삶을 살 수 있을 것이라고 생각하였다.

부모님도 선생님도 그렇지 않다고 말씀하셨지만, 나는 훗날 내 말이 옳다는 것을 보여주리라 생각하고 듣지를 않았다. 그러나 나는 아직도 내 스스로를 비하하는 모습을 지니고 있었다는 것을 깨달았고, 그런 성향 때문에 쉽게 가까워질 것 같던 사람들도 멀어지게 된 것이 이해가 되었다.

책에는 자기를 비하하는 사람들에 이어 자기애가 부족한 사람들의 이야기가 소개되었는데 이들의 특징으로 여섯 가지가 제시되었다. 모두 다 나와 관련이 있다고 생각했지만, 가장 내게 와 닿았던 것은 관계를 맺으면서 상처를 받는 것보다 혼자 있는 것이 편하기 때문에 관계를 회피할 뿐만 아니라, 자신의 가치를 느끼지 못하기 때문에 다른 사람들도 믿을 수 없다고 생각하여 그들에게 냉소적인 태도와 불신감을 쉽게 드러낸다는 것이었다. 또한 이렇게 자기애가 부족한 사람들은 자신의 이런 행동들이 자기애 결핍에 의해 나타난다는 것을 모른다는 것이다.

순간 나는 흩어져 있던 퍼즐 조각들이 순식간에 끼워 맞춰져 큰 그림을 보는 듯한 느낌을 받았다. 지난 기억들을 돌이켜보며, 여자친구의 마음을 계속 확인하고자 한 것이 그녀에 대한 의심에서 비롯되었다는 것을 깨달았고, 친구들에 대해서도 나는 항상 그들이 내 기대치와는 맞는지, 혹시 뒤에서 나에 대한 다른 얘기를 하는지 생각하며 불신감을 가지고 있었다는 것도 깨달았다.

책에는 이 모든 것을 바꾸려면 자기애가 필요하고, 자기애를 가지려면 자기 자신을 긍정적으로 봐야 한다고 쓰여 있었다. 이로 인해 좋은 관계를 맺을 수 있고, 더불어 더 행복한 자신을 발견할 수 있을 것이라고 하였다. 그때서야 비로소 어릴 적 어리석은 고집 때문에 생긴 내 마음의 병을 찾았고, 병을 치료하기 위해 내 자신을 스스로 바꾸어야겠다고 생각했다. 서서히 바뀌나갔다. 하지만 나도 모르게 오랜 시간 동안 그래와서인지, 내 주변에서 일어나는 모든 일에 대해 부정적이고 비관적인 생각들이 자연스럽게 먼저 떠올랐고, 그런 생각이 들 때마다 나는 의식적으로 생각을 바꿔야만 했다. 긍정적으로 생각해야 한다는 것을 잊고 한동안 다시 자기 비하에 빠져 있는 나날도 많았지만, 입시를 앞두고 있는 힘든 상황에서도 매사를 좋게 보고 매 순간을 즐기려고 노력했다.

그렇게 여자친구와 헤어지고 친구와 멀어지며 인간관계에 대해 고민하며 책을 접한 지 2년째 되어가는 지금, 나는 예전에 비해 조금은 변한 것 같다. 어느 순간 갑자기 눈에 띄게 변하지는 않았지만, 마음 한구석에서 지속적으로 노력해왔기 때문에 내 자신에 대해 긍정적인 시각과 자기애도 생겼고 내 삶의 일부는 행복하다고 말할 수 있게 되었다.

고등학교 친구들은 지금 나의 모습을 보고 예전보다 더 보기 좋다고 말한다. 아직 내 자신을 사랑하는 마음이 부족하지만, 앞으로 계속 노력한다면, 멀지 않은 장래에 행복한 내 자신을 발견할 수 있을 것이라고 믿어 의심치 않는다.

『끌리는 사람은 1%가 다르다』

저자 이민규는 다른 사람과의 관계를 개선하려면, 무엇보다 먼저 자기 자신과 상대를 바라보는 관점을 바꿔야 하며 작은 변화부터 시도해야 한다고 말한다. 작은 변화가 큰 차이를 만든다는 주제로 쓴 이 책은 성공하는 인간관계를 위한 인간관계 개선 프로젝트이다. 지금보다 조금 더 나은 자신을 원하고, 삶의 질이 한층 더 높아지기를 고민하는 사람이라면 이 책을 통해 지금까지의 관계 패턴을 돌아보고 보다 효과적인 대안들을 모색해 실천해볼 수 있다.

카네기가 말하는 성공 비법,
'최선을 다해 살라'는 단순한 진리

데일 카네기 『인생은 행동이다』

구도형(서울대학교 경영학과 2학년)

　　사람은 누구나 다른 사람들과 함께 살아간다. 서로 돕고 사랑하
고 때로는 다투기도 한다. 어느 누구도 혼자서는 살아갈 수 없기에
사람들은 '관계'를 맺는다. '관계'는 우리 삶에서 아주 중요하다.
데일 카네기는 경제적 성공의 원인이 15%의 기술적 지식과 85%의
인간관계 기술에 있다는 결론을 내렸다. 대한민국 10대 CEO가 밝
힌 제1의 성공 요인도 업무 능력이 아니라 대인관계 능력이었다.

청소년기는 이러한 관계의 폭과 다양성이 폭발적으로 확대되는 시기이다. 또, 부모님의 손에서 조금은 벗어나 스스로 관계를 형성하기 시작하는 시기이기도 하다. 쉽게 말해 청소년기에는 다른 동네 친구들을 만나고 자기하고만 놀아야 하는 여자친구도 사귀고 또래들 사이에 '짱'을 뽑기도 한다. 이렇게 변하는 환경 속에서 청소년들은 관계를 맺고, 유지하고, 끊는 데에 많은 고민을 한다. 이러한 고민은 사춘기의 예민한 감수성으로 받아들이기에는 버거울 수 있다.

나는 관계라는 것 자체가 정말 어려웠다. 이때 내게 큰 힘이 되었던 책이 데일 카네기의 『인생은 행동이다』이다. 아버지 서재에서 이 책을 우연히 뽑아봤던 것이 내게는 큰 행운이었다. 책의 내용은 단순하다.

"무엇에도 얽매이지 말고 자신감을 갖고 눈앞에 다가온 오늘을 최선을 다해 살아라"는 한 문장으로 이 책을 요약할 수 있다. 누구나 알고 있는 이야기이고, 누구나 할 수 있는 말이다. 그럼에도 『인생은 행동이다』는 특별하다. 이 단순한 진리를 데일 카네기 자신과 다른 사람들의 경험을 사례로 들어 풀어내고 이 진리를 실천하는 것이 결국은 자기 자신을 위한 것임을 강조함으로써 독자의 깊은 공감을 이끌어내기 때문이다.

중학교 2학년이 되었을 때였다. 나는 반장이 되었다. 반장이 된 것이 그리 큰일은 아니지만, 당시의 나로서는 대단한 일이었다. 어떻게 된 일인지 초등학교 고학년이 되면서부터는 줄줄이 낙선을 하다 4년 만에 다시 반장이 된 것이다. 철이 들 즈음이었기에 잘 모르고 부모님이 시키는 대로 반장 활동을 하던 때하고 많은 것이 달랐다.

그 중 내게 가장 큰 고민을 안겨준 것이 친구들과의 관계였다. 아이스크림을 돌리면서 인기를 얻을 나이는 지난 지 오래였다. 반을 이끌려면 내가 직접 친구들과의 관계에 신경을 써야 했다. 당시의 나는 모든 사람들이 나를 좋아해야 한다는 강박관념을 갖고 있었다. 나는 지지율 100%의 반장을 꿈꾸었던 것이다.

당시에 나는 정말 심각했다. 누군가 나를 험담한다는 소리를 듣기만 해도 신경이 곤두서서 어찌할 바를 몰랐다. 직접 듣기라도 하는 때에는 아무런 반박도 못하고 고개만 끄덕이곤 했다. 부탁을 거절한다는 것은 있을 수도 없는 일이었다. 계속 친구들 눈치를 보다 보니 결정을 내려야 할 때도 휩쓸리기 십상이었다. 한 사람만 반대 의견을 내도 그 친구가 마음에 걸려 쉽사리 결정을 내리지 못했다.

이렇게 우유부단하게 있다가 항상 때를 놓치기 마련이었고 결국은 아무 것도 제대로 되지 않았다. 곧 반장으로서의 인기는 시들해졌고, 친구들이 도와주지 않으니 갈수록 되는 일이 없었다. 나는 매사에 자신감이 없어졌고 결국에는 뭐 하나 내세울 만한 것이 없는

17살, 나를 바꾼 한 권의 책

사람이 되어버렸다. 고민은 깊어 갔다.

최악의 상황을 받아들여라

『인생은 행동이다』를 읽은 것은 바로 이때였다. 이 책에는 고민을 해결하는 마술적 공식이 있었다. 먼저, 최악의 상황을 가정한다. 최악의 상황은 내가 이대로 1년을 보내는 것이었다. 다음으로, 최악의 상황을 도저히 피할 수 없다면 일단 그 상황을 받아들인다. 어차피 상황은 벌어진 것이었다. 이미 친구들이 잘 따르지 않았기 때문에 더 나빠질 것이 없었다.

나는 책이 권하는 대로 모든 상황을 받아들이기로 했다. 마지막으로, 최악의 상황을 개선할 방법을 찾는다. 최악의 상황에서는 더 잃을 것이 없으니 앞으로는 점점 상황이 나아진다. 이 한 줄이 내 마음을 움직였다. 내가 무엇을 하든 좋아지면 좋아졌지 나빠질 것은 없었다.

이러한 상황에서 데일 카네기는 고민을 분석하는 방법을 알려주었다. 무엇보다, 최대한 많은 사실을 파악해야 한다. 나는 내 반장 활동을 되돌아보았다. 내가 무엇을 했는지 적어 내려갔다. 이어서, 문제가 무엇인지 원인은 무엇인지 파악했다. 내 문제는 친구들에게 휩쓸려 다닌다는 것이고 그 원인은 다른 사람의 평판에 지나치게 신경을 쓰기 때문이라는 것을 알 수 있었다.

문제 및 원인 파악이 끝나면, 어떤 방안들이 있는지 고찰하고 최선의 방안을 선택해 결단을 내린다. 일단 결단을 내리면 뒤의 일은 걱정하지 말고 결정을 실행하는 데에만 전념한다. 나는 모두로부터 좋은 평판을 유지한다는 것은 처음부터 불가능한 일이라는 것을 받아들이기로 했다. 이 사실을 받아들이고 나서는 다른 친구들의 의견을 고루 듣되 결정은 내가 내리도록 하고, 한번 결정을 내린 후에는 절대로 바꾸지 않기로 마음을 먹었다.

데일 카네기는 고민하는 습관을 이겨내는 방법도 제시했다. 사소한 일에 지나치게 신경을 쓰지 말고, 지금이라도 당장 일어날지 모른다고 걱정하는 일에 대해서는 평균적으로 일어날 가능성을 생각해 보라는 것이다. 생각해보면 내가 친구들의 사소한 부탁을 한두번 거절할 수도 있는 일이었다. 그렇다고 모든 친구들과 사이가 틀어지는 일은 일어날 리 없었다.

도저히 피할 수 없는 상황이라면 그 상황을 받아들이고, 고민으로 인한 실이 득보다 클 때에는 과감히 고민하기를 그만 두라는 조언도 있었다. 언제 어디서든 누군가가 내 결정에 불평하는 상황은 불가피하고 이런 일을 마음에 담아두고 고민하기에는 내 열정과 정력이 아깝다는 것이다. 아울러, 지나간 과거에는 매이지 않아야 한다는 조언도 있었다. 지금까지 내가 해온 일을 바꿀 수는 없었으니 앞으로 해야 할 일을 생각해야 한다는 것이다.

또한 데일 카네기는 남의 말 때문에 절망하지 말라고 충고하였다. 마치 나를 위해 쓴 듯 가슴에 와 닿았다. 누구든 마음의 평온을 찾으려 해도 다른 사람들의 비판에 직면하면 마음이 흔들리기 마련이다. 이럴 때는 일단, 비판이 자신에 대한 관심의 다른 표현이라는 것을 알 필요가 있다. 특히 부당한 비판은 자신이 질투와 선망의 대상이 되고 있다는 반증이다.

내가 정말 있으나마나 한 존재였다면 친구들은 내게 신경조차 쓰지 않았을 것이다. 그리고 자신이 옳다고 믿는 것이라면 다른 사람들이 뭐라고 말하든 최선을 다해야 한다. 어떤 일을 하더라도 비판은 있기 마련이다. 그러면서도 건설적인 비판은 스스럼없이 받아들일 수 있도록 마음을 열어둘 필요가 있다. 그래서 나는 항상 다른 친구들의 의견을 귀담아 듣기로 했다.

관계를 주도하는 사람

이후에 나타난 변화는 놀라웠다. 반 친구들이 나를 인정하기 시작했다. 내가 친구들에게 휩쓸리지 않으니 친구들이 나를 도와주었다. 내가 한번 내린 결정을 바꾸지 않으니, 곧 모두가 이미 결정이 난 후에는 자신들이 아무리 불평을 한들 소용없다는 사실을 깨달았다. 나는 항상 모두가 모인 자리에서 공개적으로 의견을 받고 다수

결로 결정을 내렸기 때문에 이런 결정을 놓고 불평을 하기는 쉽지 않았다. 결정을 내리면 대부분 반응이 좋았고 결국은 모두가 함께 적극적으로 참여했다.

이제 나는 유능한 반장이었다. 내가 내린 결정에 대해 누군가 반대한다는 점은 같았지만 내가 앞에 나서서 친구들과의 관계를 이끌어나간다는 점은 달랐다. 언제나 시의 적절하게 결단력을 발휘할 줄 알았다. 나는 항상 자신감에 가득 차 있었고, 친구들은 나와 함께했다. 이후 줄곧 임원을 했고, 고등학교에 진학해서는 학생회장이 되었다.

지금의 나는 항상 '관계'를 주도하는 사람이다. 언제 어디서 누구를 만나든 다가갈 준비가 되어 있다. 내가 항상 적극적으로 행동하니 사람들도 나를 반기고 인정한다. 덕분에 대학에 와서도 지난 2년 동안 과 대표를 맡았다. 물론, 개중에는 내가 마음에 들지 않는 사람들도 있을 것이다.

그러나 나는 개의치 않고 내가 옳다고 믿는 것을 행한다. 비판이 두려워 피한다 해도 어차피 다른 비판에 직면하기 마련이라는 것을 알고 있기 때문이다. 항상 이런 마음가짐으로 생활을 하다 보니, 내가 만나는 사람들 내부분은 나를 믿고 도와준다. 인생은 행동이다. 과거든, 현재 처한 상황이든, 남의 비판이든 얽매일 필요가 없다. 지금 해야 할 일은 자신감을 갖고 오늘 하루를 온힘을 다해 살아가는 것이다.

마지막으로 덧붙이고 싶은 것이 있다. 인생이 행동이라고 무조건 밀어붙이는 식은 곤란하다. 데일 카네기는 모래시계를 예로 들어 이런 말을 했다. "우리는 아침부터 해야 할 일도 많다. 그 일을 의욕만 앞세워 하나하나 처리하지 않고 바쁘다고 한번에 하려 하면 모래시계처럼 우리의 정신과 육체도 막혀버린다." 그렇다. 서두른다고 될 일이 아니다. 하나씩하나씩 행동으로 실천하며 살아야 한다.

『인생은 행동이다』

대중연설과 인성계발의 선구자인 데일 카네기는 성공의 방법을 강연하면서 유명해졌다. 누구나 알고 있는 최선을 다해 살라는 단순한 진리를 데일 카네기 자신과 다른 사람들의 경험을 사례로 들어 풀어내고 이 진리를 실천하는 것이 결국은 자기 자신을 위한 것임을 강조함으로써 독자의 깊은 공감을 이끌어내고 있다.

모든 불행의 근원인 화, 화를 풀어야 행복이 온다
틱낫한 「화」

나 아닌 것들의 배경이 된다는 것, 서로의 이름이 되는 존재의 행복감
안도현 「연어」

외로워하지 말아라, 너만 아픈 게 아니란다
무라카미 하루키 「상실의 시대」

세상을 일찍 알아버린 슬픔, 그것이 주는 위안
은희경 「새의 선물」

아 유 해피? 아무것도 없이 행복한 사람들
류시화 「지구별 여행자」

영혼의 마음을 가꾸는 것, 자연의 이치를 찾아서, 꿈을 찾아서
포리스터 카터 「내 영혼이 따뜻했던 날들」

'나 자신' 이라는 작은 동굴에서 한 작가가 빚어낸 세계로
박경리 「토지」

사막을
건너는 힘

5

사막을 건너는 힘

모든 불행의 근원인 화,
화를 풀어야 행복이 온다

틱낫한 『화』

남지희(고려대학교 경영학과 2학년)

집에서는 부모님의 잔소리로, 학교에서는 친구들과의 사소한 갈등이나 학업 때문에 힘들고 지치는 청소년들이 많다. 누구나 한 번쯤 겪는 질풍노도의 시기이고 머지않아 끝날 시기라지만 어느 누구도 내 상황을 이해해줄 사람이 없다고 그들은 생각한다.

누구에게나 그렇듯이 나에게도 힘든 시기가 있었다. 나는 중학교 시절 3년 중 2년을 미국에서 보냈다. 내가 미국에 갈 때만 해도 요즘처럼 조기 영어교육은 흔한 일이 아니었고, 주변에 외국에서 살아봤거나 여행을 다녀온 아이들도 많지 않은 때였다. 그렇기 때문에 미국에 가자마자 의사소통이 되지 않는 답답함과 새롭지만 어색한 환경에 적응해야 한다는 의무감으로 하루하루를 살기에 무척이나 바빴다. 그래서인지 나의 사춘기는 비교적 순탄하게 지나갔다. 당시 인기 있던 가수 그룹을 좋아해, 앨범 몇 장을 산 것 이외에는 어른들이 보기에 올바르고 모범적인 중학생이었다.

조바심이 키운 화

한국에 돌아와서도 남은 6개월의 중학 생활 동안 열심히 내신관리도 하고 외국어고등학교 준비도 한 결과 명덕외국어고등학교로 진학할 수 있었다. 고등학교에 진학하기 전, 비록 중간고사와 기말고사는 총 합쳐서 네 번밖에 보지 않았지만, 미국에서 돌아와서도 시험을 잘 봐왔던 나였기 때문에 우수한 아이들만 모아놓은 외국어고등학교에서의 학업 성적이 큰 걱정거리가 되지 않았다.

입학한 후에도 한국에서 쭉 공부를 해오던 주변 친구들보다 내가 공부가 모자란다는 생각을 전혀 하지 않았다. 하지만 1학년 1학기 중간고사를 보고 나서는 상황이 달라졌다. 성적이 나오면서 반 석차와 전체 석차를 알고 나니 내가 생각했던 것보다 많이 뒤쳐져 있다는 것을 깨달았다. 영어는 전혀 문제되지 않았고 수학도 기대했던 만큼 성적이 나왔기 때문에 걱정거리가 아니었다. 과학이나 사회도 원하는 점수에 좀 못 미쳐도 이해해서 암기하면 큰 문제가 되지 않을 것이라고 생각했다. 다만, 국어만큼은 문제가 커도 별다른 방법이 없다는 것이 너무 속상했다.

그리고 그제서야 미국에서 생활하면서 우리나라 책을 몇 권밖에 읽지 않은 것이 매우 후회되기 시작하였다. 미국으로 떠날 때부터 한국에 다시 돌아와서 공부하게 될 것을 알았기 때문에 영어와 수학은 뒤처지지 않기 위해 열심히 공부하고 심지어 선행학습까지 했지만 국어 과목을 힘들어 할 줄은 상상도 하지 못했다. 내가 다른 친구들보다 모자란 것이 단순히 고전 작품 한두 편을 모르는 데서 오는 것이 아니라 근본적으로 우리말을 해석하고 이해하는 데에 문제가 있었기 때문에 문제집 몇 권을 더 풀어서 해결될 문제가 아니었다.

나는 굉장히 욕심이 없는 성격이다. 또 항상 모든 일을 긍정적으로 생각하는 경향이 있어서 열심히 노력한다면 시간이 해결해주리라는 믿음을 갖고 살아왔다. 하지만 이 문제는 단순히 성실한 노력만으로는 부족하다는 생각이 들었다.

개인적인 상황을 고려해봤을 때 3년이라는 시간이 국어 수준을 내 기대치 이상으로 높여줄 것 같아 보이지 않았다. 스스로 이런 판단을 하고 나니 더 열심히 해야겠다는 의욕보다는 내 자신에 대한 실망이 컸고 화가 났다. 나와 같이 근본적인 언어 실력에 문제가 없어도 주어진 3년이라는 시간 동안 꾸준히 학업에 열중해야 원하는 대학에 진학할 수 있다는 선배들의 말은 나를 더 조급하게 하였다.

지금 생각해보면 2년이라는 세월 동안 하루의 반 정도를 영어와 접하면 영어 실력이 향상되는 만큼 국어가 덜 익숙하고 이해력이 떨어지는 것은 당연한 일이다. 또 내가 국어 실력이 뒤처지는 것을 인정하고 조급해하지 않으며 차근차근 노력하였더라면 충분히 풀어나갈 수 있는 문제였다. 하지만 당시에는 어떤 식으로든 점수화되는 나의 성과가 내 마음을 더 조급하게 하였던 것 같다.

화를 다스리면 눈앞의 행복이 보인다

이런 힘든 시기를 겪고 있던 참에 논술 선생님께서 『화』라는 책을 숙제로 읽어오라고 했다. 처음 이 책의 제목을 봤을 때 피식 하면서 웃음을 터뜨렸다. 주변 사람들과 더불어 사는 세상에서 서로의 생각이나 가치관의 차이로 다투면서 화를 내는 일은 허다하다. 화가 났으면 풀면 되고, 또 그것을 다스리는 것이 얼마나 중요한 일이기에 책까지 출간했을까 하는 생각을 했다.

나는 평소에 책을 즐겨 읽는 사람이 아닐 뿐만 아니라 첫 장이 나의 흥미를 사지 못하면 한 번 시작한 책을 끝내지 않고 다른 책으로 옮겨가는 버릇이 있다. 게다가 우리나라의 고등학생으로서 책을 읽을 시간이 있으면 그 시간에 오히려 공부를 해야 한다는 생각에 독서보다는 문제집 한 권을 더 풀고 한 문제를 더 맞추는 데에 열중했다. 이렇게 평소에 책을 읽는 것에 길들여져 있지 않던 나 스스로도 이 한 권의 책을 다 읽었다는 사실이 놀라웠다. 처음에는 의무감으로 읽기 시작한 이 책을 나중에는 한 문장, 한 문장 작가의 말에 동감하며 읽었고 내 자신을 돌아보고 반성하고 실천을 다짐했다.

노벨평화상 후보이자 세계 불교계의 상징적 인물인 틱낫한 Thich Nhat Hanh 스님은 『화』를 통해 우리가 살아가는 데 있어 모든 불행의 근원은 화이며, 이를 잘 풀고 다스린다면 마음의 평화와 평안을 되찾아 행복해질 수 있다고 당부한다. 이 책에서는 사람들이 어떠한 상황에서 화를 내는지를 정확하게 파악하고 있다. 또한, 단순히 화가 난 것을 무조건 참는 방법을 교훈삼지 않고 각 상황마다 마음에서 일어난 화를 어떠한 방법으로 다스려야 하는지도 체계적이고 구체적으로 기술해놓았다.

앞서 얘기한 바와 같이 나는 고등학교 시절 이 책을 읽을 무렵 성적과 관련해서 많은 스트레스를 받고 있었고 그 과정에서 내 스스로에게 화가 난 상태였다. 이런 상황에서 『화』를 접했을 때 나는 「각자의 모자람을 스스로 인정하라」는 장과 「행복이 눈앞에 있다는 사실을 잊지 마라」는 장을 읽으면서 내 자신과 화해하고 마음의 안정을 되찾는 데 있어 많은 도움을 얻을 수 있었다.

아무리 모국어라지만 국어를 체계적으로 배울 수 없었던 2년 동안의 공백이 큰 장애물이 되었다는 사실을 이 책을 읽으면서 받아

주변 사람들과의 대화로 위로받기 힘들 때에는 책을 읽어 다른 사람들의 의견이나 생각을 간접적으로 경험하거나 이를 통해 마음의 고요를 되찾는 것이 좋은 방법이라고 생각한다. 이러한 의미에서 『화』는 가족 문제, 학업 문제, 친구 문제 등으로 고민하는 학생들에게 좋은 해답을 제공해 줄 것이 틀림없기에 이 책을 추천한다. 사소한 고민이나 문젯거리로 지치고 힘들어 하는 학생들이 이 책을 읽고 평생 추억에 남을 만한 행복한 학창시절을 보내길 바란다.

들였다. 그러고는 내 스스로 당시의 한계를 받아들이고 어느 정도의 모자람을 인정하면서 내 목표를 달성하기 위해 최선을 다하였다. 한 번에 높은 점수를 올리려는 욕심은 버리고 조금씩이라도 실력을 향상해야겠다는 각오로 학습에 임하였다.

이렇게 마음가짐을 달리하고 약간의 욕심을 버리는 것만으로도 마음의 평화를 누릴 수 있었고 그 결과 매 시험마다 더 나은 성적을 얻을 수 있었다. 내가 작은 노력으로 내 안의 화를 다스렸을 때 만족스러운 결과로 눈앞의 작은 행복을 누릴 수 있다는 사실이 너무 신기하였고 또 계속해서 실천해나갔다. 이처럼 나를 다스리는 실천의 노력으로 점차 내 자신의 성적에 자신감을 갖게 되었고 내 기대치에 맞는 대학에 진학할 수 있으리라는 믿음으로 끝까지 최선을 다해 고려대학교 경영학과 학생이 될 수 있었다.

내 자신의 학창시절을 돌아볼 때, 좋은 일이 있을 때면 친구들이나 가족들과 그 기쁨을 누리고 충분하게 나눌 수 있는 기회가 많았다. 하지만, 슬프고 화나고 지쳐서 정작 위로를 받아야 할 일들에 대해서는 그 상처가 완벽하게 치유되지 않고 지나친 기억이 많다.

주변 사람들과의 대화로 위로받기 힘들 때에는 책을 읽어 다른 사람들의 의견이나 생각을 간접적으로 경험하거나 이를 통해 마음의 고요를 되찾는 것이 좋은 방법이라고 생각한다. 이러한 의미에서『화』는 가족 문제, 학업 문제, 친구 문제 등으로 고민하는 학생들에게 좋은 해답을 제공해줄 것이 틀림없기에 이 책을 추천한다. 사소한 고민이나 문젯거리로 지치고 힘들어 하는 학생들이 이 책을 읽고 평생 추억에 남을 만한 행복한 학창시절을 보내길 바란다.

『화』

화가 풀리면 인생이 풀린다라는 부제를 달고 있는 이 책은 노벨평화상 후보이자 세계 불교계의 상징적 인물인 틱낫한 스님이 저술한 책으로 화를 다스려 마음의 평화를 얻는 지혜를 담고 있다. 스님은 함부로 떼어낼 수 없는 신체 장기처럼 화도 우리의 일부이므로 억지로 참거나 제거하려 애쓸 필요가 없다고 한다. 오히려 화를 울고 있는 아기라고 생각하고 보듬고 달래라고 충고하고 있다

나 아닌 것들의 배경이 된다는 것, 서로의 이름이 되는 존재의 행복감

안도현 『연어』

박미란(이화여자대학교 경제학과 4학년)

평균보다 키가 작고 눈이 동그랬던 그 아이는 사실 약간 촌스럽게 생겼고, 지금 생각하면 교복도 낡은 듯 색이 바래 있었다. 그래서일까, 중학교 2학년, 그 아이를 처음 만났을 때 내가 딱히 호감을 가지지는 않았던 것 같다. 그런데 그 아이는 유독 나를 참 많이도 좋아했다. 맨 처음 나를 보고 수줍게 웃던 그 아이는 이후로 종종 편지를 써주기도 하고, 펜이나 지우개 같은 사소한 것들을 곧잘 선물하곤 했다.

우리가 중학생이던 시절, 당시 학교에는 교환일기라는 것이 전염

병처럼 번져나갔고 교환일기의 개수는 마치 그 아이의 인기도를 반영하는 지수처럼 보이기도 했다. 나도 많은 수의 교환일기를 쓰며 유치하게 같은 반 친구들의 호감도 순위를 매기기도 하고, 몰래 몰래 선생님들의 뒷담화를 하기도 했다. 그 많은 교환일기 중에는 물론 그 아이와 쓰던 것도 있었는데, 그 아이는 나에게 '약속할게. 나는 절대 다른 아이들하고 교환일기 안 쓸거야'라며 굳이 시키지도 않는 단호한 다짐을 했다.

그러면서 그 아이는 나를 그림자처럼 졸졸 따라다녔다. 학교가 끝나고 나면 당연한 듯 나를 집까지 바래다주고 맞벌이하느라 집을 비운 부모님을 대신해서 종종 떡볶이 따위의 음식을 만들어 주고 깨끗이 설거지까지 해주고 돌아가곤 했다. 그리고 다음날 아침이면 으레 내가 살던 아파트 후문 쪽에서 기다리고 있었다. 그런 생활이 한 학기 정도 지속되면서 나는 그 아이가 편해졌다.

아픔이 된 우정

편해졌다는 것이 막 대해도 된다는 뜻은 아닐 텐데 당시 나는 그 의미를 오해하고 있었던 것 같다. 가끔은 내가 해야 할 일을 미안한 마음 없이 시키기도 하고, 언젠가부터 다른 약속을 훨씬 더 소중히 하며 그 아이는 기다리든 말든 내 알 바가 아니라는 듯 행동하기도

17살, 나를 바꾼 한 권의 책

했다. 그래도 그 아이는 그럴수록 나를 다 이해한다는 듯 착하게만 대했고, 나는 언젠가부터 그 아이의 '지나치게 착함'에 짜증이 나기 시작한 것 같다. 마치 더 이상은 견디지 못하겠다는 듯, 모든 것이 그 아이의 잘못이라는 듯 나의 무례함은 점점 심해졌다.

그러던 중, 학교에 누가 알아온 단어인지, 근원을 알 수 없는 '레즈비언'이라는 말을 쓰는 아이들이 생겨났다. 농담처럼, "야, 너 레즈지?" 이런 말을 곧잘 하던 장난꾸러기 남자아이들은, 결국 나와 그 아이의 사이에까지 불을 지르고 말았다.

"너희는 왜 만날 둘이 붙어 있어? 둘이 서로 좋아하는 거 아니야? 너희 둘이 사귄대. 맞지? 맞지?" 이런 말들로 우리를 놀리기 시작한 것이다. 나는 참을 수 없었다. 안 그래도 그 아이 때문에 다른 친구들하고도 제대로 놀지 못하는 것 같고, 그 아이 옆에 있으면 왠지 내가 그 아이랑 똑같이 촌스러워 보일 것 같기도 하고, 또 그 아이의 멍청할 정도의 친절이 맘에 들지 않았던 차에, 그런 오해까지 받으니, 나는 견딜 수 없이 화가 나기 시작했다.

그날 집으로 돌아가 교환일기에 썼다.

'이것이 내가 너에게 쓰는 마지막 교환일기다. 앞으로 나는 너에게 어떤 식으로든 말을 걸지도, 받지도 않을 것이다. 그러니 너도 그렇게 해주길 바란다.'

그리고 다음날 그것을 건네준 후, 나는 아무렇지도 않은 듯 다른 친구들 집단으로 들어가버렸다. 이후로 친구들 틈에 있다가 그 아이가 지나가면 나는 보란 듯이 더 크게 웃어댔고, 둘이 어쩌다 마주칠 때면 냉정한 눈빛을 보내며 돌아섰다. 친구들에게도 종종 "쟤정말 레즈 아닐까? 나한테 하는 거 봐. 좀 이상했던 것 같긴 해"라고 해서는 안 될 말도 내뱉었던 철없던 나에게, 그래도 안타까운 듯한두 번의 대화를 시도하던 그 아이는 포기한 듯 이내 나를 애써 피했다.

약간의 불편함, 그러나 담담한 체하던 긴 시간이 지나가고, 겨울 방학이 지나고, 또 일주일의 봄방학도 지나간 후 드디어 새 학기가 시작되었다. 견딜 수 없이 싫었던 그 아이가 왠지 생각이 났다. 내가 누구보다 잘 살고 있음을 보여주고 싶은 마음이었을까, 어쩌면 방학 내내 못 본 탓에 생긴 그리움이었을까, 그것도 아니면 그 아이를 조금 더 괴롭히고 싶은 못된 사디즘적 욕망일까. 나는 왠지 그아이와 한 반이 되었으면 하는 기대를 가지고 학교로 향했다.

그런데 아이는 학교에 없었다. 대수롭지 않다는 듯 스쳐 지나가며 물어본 내게 돌아온 대답은 그 아이가 전학을 갔다는 것이었다. 이전부터 나에게 아버지가 요즘 하시는 일이 잘 안 되는 것 같다, 매일 아버지가 술을 마신다, 부모님께서 밤마다 싸운다, 말하던 그아이의 걱정대로 결국 부모님이 이혼을 했다고 한다. 그 아이가 횟집을 차리게 된 어머니를 따라 한 시간 남짓 떨어진 시골 동네로 옮겨가게 되었다는 것은 나중에 확인한 사실이다.

눈 앞에 그 아이가 보이지 않자, 여태 한 번도 생각해본 적 없는 고통이 찾아왔다. 그것은 온갖 죄책감과 나 자신에 대한 원망과 그리움과 미안함 등이 모두 얽혀 있는 복잡한 감정으로 다가왔다. 그 아이를 볼 수 있다면 당장 무릎이라도 꿇고 용서를 구할 수도 있겠다 싶었다.

아니면 그건 그렇게 나에게 죄의식을 남기고 사라져버린 그 아이의 뺨을 한 대 후려치고 싶은 마음이었을지도 모른다. 아무튼 온갖 정신적 갈등과, 그럼에도 불구하고 애써 강한 척하는 학교생활의 뒤에 무너지는 약한 마음을 추스르느라 눈물도 많이 쏟아냈던 것 같다. 공부건 뭐건 관심도 없었고, '가난하고 가정환경이 좋지 않던' 아이와 멀어진 사실에 안도하는 부모님도 끔찍이 밉게 느껴졌던 하루하루였다.

고통이 점차 무뎌져 그저 때때로 서랍에서 그 아이의 편지를 발견할 때 정도만 아련히 아파올 즈음, 사람의 기억력의 한계가 얼마나 강한 자기방어 기제인지를 어렴풋이 느끼기 시작할 무렵, 나는 소포 하나를 받았다. 그것은 아주 얇은 『연어』라는 책이었다. 책의 첫 장에서 저자는 어린 나의 고통의 무게를 비웃기나 하듯 담담하게 말하고 있었다.

그래도, 아직은, 사랑이,

낡은 외투처럼 너덜너덜해져서

이제는 갖다 버려야 할,

그러나, 버리지 못하고,

한 번 더 가져보고 싶은,

희망이, 이 세상 곳곳에 있어,

그리하여, 그게 살아갈 이유라고

믿는 이에게 바친다.

그리고 그 아래에는 정성들여 또박또박 쓴 그 아이의 필체가 박혀 있다.

"To. 미란에게.

내가 항상 너의 배경이 되어 줄게."

첨부된 편지 속에는 어떻게 해서 자기가 전학을 가게 되었는지, 요즘 자기가 어떻게 지내는지, 여학교인 그곳에서 요즘 보이시boyish 하게 생긴 자기에게 얼마나 많은 후배들이 매일같이 먹을 것을 갖다주곤 하는지 놀랍다는 말과, 덧붙여 나랑 지낸 것이 너무 행복했다, 고맙고 미안하다는 말이 쓰여 있었다.

'미안하다'는 말만 없었더라면 그렇게 눈물을 와락 쏟진 않았을 것이다. 단지 그 말 때문에 나는 그날 밤 잠을 이룰 수 없었고, 20분이면 충분히 정독할 수 있는 분량의 책을 자정이 지나도록 스무 번도 넘게 읽고 또 읽었다.

순수하고 호기심 많은 은빛연어가 강가로 거슬러 올라가는 과정에서 겪는 심리를, 그를 통한 성장과, 다음 세대를 위한 아름답고 고귀한 희생을 그린 『연어』라는 우화는 그 줄거리가 더 이상 중요하지 않을 정도로 주옥 같은 말들도 넘쳐났다.

덕분에 그 얇은 책에 감히 수도 없이 밑줄을 그어가며 읽어야만 했고, 단어 하나하나의 의미를 계속해서 곱씹어 삼킬 수 있었다.

'네가 아프지 않으면 나도 아프지 않은 거야.'

'별들이 저렇게 반짝이는 건 나에게 누군가 신호를 보내고 있다는 뜻일 거야.'

'보고 싶다, 라는 말보다 더 간절한 말은 이 세상에 없을 것이라고.'

'마음의 눈으로 보면 온 세상이 아름답거든.'

'전 같았으면 무심코 넘겨버릴 일들이 은빛연어에게는 하나하나 소중한 의미가 되어 다가왔다. 작은 돌멩이 하나, 연약한 물풀 한 가닥, 순간순간을 적시고 지나가는 시간들, 전에는 하찮아 보이는 모든 것들이 소중한 보물처럼 여겨졌다.'

'청각은, 이제 세상의 미세한 움직임을 모두 받아들이고 이해하는 통로가 되고 있었다.'

'세상을 아름답게 볼 줄 아는 연어만이 사랑에 빠질 수 있는 거야.'

'존재한다는 것, 그것은 나 아닌 것들의 배경이 된다는 것이지.'

마치 모든 것을 다 알고 있는 듯했던 그 아이는 마음의 눈을 통해 세상을 아름답게 보았던 것이다. 삶의 의미를 고맙게도 나의 배경이 되는 데서 찾아주었던 것이다. 그래서 누가 뭐래도 끝까지 자신의 우정을 지켰던 것이고, 조금 떨어진 그곳에서 나에게 신호를 보내고 있었을 것이다. 그 아이는 내가 다른 친구들과 행복해 보여서 자신도 행복했다기보다, 내가 얼마나 힘들지, 내 자존심과 삶의 무게를 누구보다 잘 알고 있었기에, 그래서 더 찢어지게 아프지 않았을까.

생각해보면 누가 뭐래도 언제나 나를 감싸주던 그 아이가 있어 나는 늘 빛이 났다. 그 익숙함에 취해 행복을 느끼지 못하고 불평만 했던 나였다. 큰 행복을 냉정하게 뿌리친 나에게, 그러나 여전히 그 아이는 배경이 되어 주겠다고 했다. 그래서 나는 그날 이후로도 계속 아팠다. 주소조차 적히지 않은 소포가 못내 원망스러울 정도로 답답하기도 했다. 난 처음으로 진지하게 그 아이에게 전해지지 않을 편지를 써서, 사랑한다고 말하기도 했다.

보고 싶고 궁금했던 그 아이는 대학 진학 후 동창회에서 볼 수 있었는데 부모님의 이혼 후 집이 싫어 가출을 했고, 고등학교 때부터 소위 문제 학생들과 어울려 다니며 절도 등 범죄를 저질러 퇴학당

했으며, 그 당시 여러 가지 이유로 오빠라고 부르던 나이 많은 남자와 살림을 차린 스스로를 '아줌마'라고 불러달라고 했다. 놀라운 소식에 차마 나는 입을 뗄 수가 없었다. 그 모든 결말이 왠지 내 탓인 것 같기도 했다. 결국 난 끝까지 그 아이에게 내 진심을 전하지 못한 채 또다시 헤어졌다.

이제 대학이라는 공간조차 비좁게 느껴지는 나이가 되고, 몇 달 후면 사회로의 첫 발을 내딛게 될 나는 그러나 아직도 자취방을 옮길 때마다 『연어』를 가지고 다닌다. 그리고 문득문득 사람이 그리워지고, 사랑이 그리워질 때, 그럴 때마다 그것을 펴서 읽곤 한다. 가끔은 천천히 음미하기도 하고, 가끔은 소리 내서 읽기도 한다. 때로는 밑줄 친 부분만 훑기도 하는데, 어떻게 하든 그것을 펴서 들고 있을 때면, 이상하게도 가슴 깊숙한 곳에서 안정이 찾아온다. 따뜻함이 느껴진다.

누군가가 나의 배경이고, 나 역시 그의 배경이라는 사실에, 나는 많은 사람들에게 사랑받고 있고, 이제는 나도 그들에게 내 깊은 사랑의 깊이를 표현할 수 있다는 사실에 안도하게 된다. 그리하여 종종 내 마음을 모를까 싶어 가끔씩은 문자로 부모님께, 친구들에게, 남자친구에게, '사랑해'라고 보낸다. 이제는 나도 진심으로 누군가에 의해 호명됨으로 인해 존재의 의미를 찾으며 진실한 인간관계를 맺을 수 있게 된, 그리하여 10대 중반 그 시절의 그녀보다는 한 뼘만큼 더 자란 인간이 된 것 같기도 하다.

5. 사막을 건너는 힘

아무튼 그 아이는 긴 시간이 흐른 지금도 나에게 여전히 '지워지지 않는 흔적'으로, 나만의 '눈맑은연어'로 남아 있다.

『연어』

감수성의 시인 안도현이 투명하고 아름다운 언어로 쓴 어른들을 위한 동화이다. 연어의 모천회귀를 통해 성장의 고통과 아픈 사랑을 깊고 투명한 시인의 시심으로 접근하고 있으며, 자연과 인간이 감동적으로 만나는 장엄함을 보여준다. 등이 검푸른 동료 연어들과 달리 유독 자신의 등만 은빛인 주인공이 머나먼 모천으로 회귀하면서 누나 연어를 여의고 눈맑은연어와 사랑에 빠지고 폭포를 거슬러 성장해가는 과정을 그린다. 시련을 통해 세상을 아름답게 볼 줄 아는 눈을 가진 연어만이 사랑에 빠질 수 있다, 존재한다는 것 자체가 삶의 이유일 수 있다는 등의 철학적 깨달음을 얻는다.

외로워하지 말아라,
너만 아픈 게 아니란다

무라카미 하루키 『상실의 시대』

황지우(서울대학교 사회과학대학 1학년)

고등학교에 입학해서 1년이 다 되어가던 때, 날씨는 쌀쌀해지고 나는 우울해졌다. 우울해진 특별한 이유는 없었다. 그냥 반복된 일상에 싫증이 나고, 쌓여가는 스트레스가 피부 트러블로 나타나기 시작했을 뿐이었다. 뭔가 해야겠다 싶어 무작정 잡히는 책을 읽기로 했다. 그때 잡힌 책이 『상실의 시대』였다. 400여 쪽 가까이 되는 두꺼운 책이지만 이틀 만에 다 읽어버렸을 정도로, 나는 소설에 완전히 몰입되어버렸다.

와타나베와 미도리, 레이코, 이들의 사랑 이야기에 그 새벽 나는

5. 사막을 건너는 힘

가슴이 설레었고, 그들과 함께 울었다. 하지만 소설의 마지막 문장을 다 읽은 후에도, 이 책은 내 삶을 변화시키지 못했다. 어떻게 살아야 하는지 가르쳐 주지도 않았다. 그럼에도 내가 이 책을 내 인생에 있어서 소중한 책으로 꼽을 수 있는 건, 이 책이 내게 어떤 가르침을 주었다기보다는 내 아픔과 마음을 알아주고 공감해주는 친구였기 때문이다.

나의 상실의 시대, 학창시절

내 학창시절을 지배한 건 '상실'이라는 코드였다. 이것은 단순히 내가 고등학교 3학년 때 대학 입시에 실패하고 재수를 했다던가 하는 것을 의미하지는 않는다. 계속되는 입시, 스트레스, 그리고 고민들 속에서 나는 나만의 삶을 잃어버렸고 나 자신을 잃어버렸다. 이 사회는 내게 '상실'을 강요했고, 그 앞에서 나는 무력해질 수밖에 없었다.

아직도 나는 부끄럽다. 성적이 뭐길래 수학시험 망쳤다고 그렇게 울어야만 했는지. 열다섯 살짜리 아이가 왜 그렇게 슬퍼하고 육두문자를 써가며 스스로를 자책해야만 했는지. 공부만 하는 모범생이 되기는 싫어 드럼도 배우고, 책도 소위 튀는 책(『체 게바라 평전』, 『공산당 선언』 등)만 골라 읽으며 나름대로 많은 활동을 한다고 했지

17살, 나를 바꾼 한 권의 책

만, 이런 노력에도 불구하고 시험은 날 한없이 치졸하게 만들었다. 게다가 그 고생을 하며 입학한 외고, 그곳에서의 충격은 더 심했다. 고등학교 아이들은 공부만 잘하는 모범생들이 아니었다. 나는 특별하다고 믿었던 자존심이 무너지는 순간이었다. 분명 나랑 비슷한 생활을 해왔을 텐데, 그 아이들은 공부는 물론이요 노래도 너무 잘하고, 드럼도 수준급이며, 게다가 인간미까지 넘친다. 나는 너무나 평범했다. 내가 특별한 존재라는 것은 나의 집, 조그만 내 중학교 시절 활동 범위 그 안에서만 유효했다. 이러한 열등감에 빠져 슬퍼할 새도 없이, 시험기간은 어김없이 다가오고 있었다. 모의고사가 끝나고 들려오는 '누구 몇 점 받았다더라' 하는 이야기들.

그러나 전혀 오를 기미가 안 보이는 내 점수. 외고라는 특수한 상황 탓에 내신은 피 말리는 경쟁이 된 지 오래였다. 못 보면 못 봐서 스트레스였고, 잘 보면 '다음에도 잘 봐야 하는데' 하는 부담감으로 인한 스트레스였다. 고등학교 축제 때 공연도 하고, 동아리 활동도 하면서 놀기도 많이 놀았지만, 이것은 정말 내가 놀고 싶어 놀았던 것이 아니라 나도 모르게 '나중에 다가올 스트레스를 대비하기 위하여' 미리 나 자신을 이완시키고 있는, 그런 정도에 불과했다.

이렇게 정말 힘들었지만, 난 막무가내로 힘들다며 칭얼대기보다는 끊임없이 '나'를 잃지 않으려는 노력을 해야겠다고 다짐했다. 나의 꿈은 무엇이며, 내가 바라는 인생은 무엇인가를 쉬지 않고 고민했다. 공부 말고도 폭넓은 사고를 할 수 있도록 책도 읽고, 치열한 고민도 해나갔다. 지금의 짜증나고 숨 막히는 이 일상은 내가 꿈꾸는 인생을 위해 지불해야만 하는 대가라고 생각하면서 꾹 참기로 했다.

그렇게 고민한 결과, 고2가 될 무렵 독문학을 전공하고 독일에서 철학을 공부해야겠다는 결론에 도달했다. 물론 지금은 독문학과 철학이 내 꿈을 이루기에 부족한 부분이 있을 수 있다는 것을 알고 사회과학대학에 진학했지만, 그때만큼은 정말 진지했다. 단순히 젊은 날의 호기로, 아직 세상 물정 모르는 어린 생각에 독문학을 하고, 철학을 하고 싶다고 한 것이 아니었다. 그러나 이 세상은 날 가만히 내버려두지 않았다. 학교 진로상담소에서 진지하게 상담도 받고 오랜 시간 고민한 뒤 부모님께 말씀드렸다. 갈등이 생긴 건 뻔한 일이었다. '그래도 밥은 벌어먹어야 하지 않겠니'로 시작되는 걱정의 서사시였다.

나중엔 부모님이 져주시긴 했으나, 부모님을 설득하기 위해 잠도 덜 깬 채 아침밥 앞에서 설을 풀어놓는 내 모습은 한동안 일상이 돼버렸다. 개인적으로 충격이었던 일은 다니던 치과의 의사 선생님이 내 진로를 물어 대답했을 때였다. 치료가 끝나고 한 시간 동안 '왜 철학과를 가면 안 되는지'에 대해 이야기를 해주었던 것이다. 가족도 아니고 어찌 보면 남일 수도 있는 치과 의사마저 날 말렸다. 이렇게 사회는 내 꿈을 가만히 내버려 두지 않았다. 아무리 하고 싶은 것을 하더라도 현실적인 여건도 중요하다는, 정말 나를 위한 걱정

17살, 나를 바꾼 한 권의 책

에 해준 충고와 꾸지람이었겠지만 나에겐 상실감과 패배감 그 자체였다. 내가 원하는 인생, 꿈은 이곳에선 단순히 듣기 좋은 얘기에 불과했다. 현실감 없는 예비 룸펜의 공허한 외침일 뿐이었다.

상실의 아픔을 다독여준 책 한 권의 위로

행복했던 추억도 많고, 좋은 친구들도 생긴 소중한 학창시절이었지만, 이렇게 내 학창시절은 나 자신을 잃어가는 '상실의 시대'였다. 사랑을 잃은 슬픔과 친구의 자살이라는 큰 시련 앞에 아파하고 방황하지만 통곡하지는 않는 와타나베와 같이, 나는 내 꿈을 버리길 강요한 사회 앞에 아파하고 방황하지만 통곡할 수 없었다. 아니, 어쩌면 내 꿈을 버리는 게 당연하다고 나도 모르게 생각했는지 모른다.

그래서 방황을 해도 다시 집에 돌아올 수밖에 없었고, 이건 슬퍼할 일이 아니라고 생각하며 눈물을 보이지 않았다. 『상실의 시대』에서 와타나베는 대학에서의 분쟁에도 관심이 없고, 강의나 듣고 아르바이트나 하며 연애를 즐기고 있다. 와타나베가 이처럼 아무 고민도 없이 말초적인 현실에만 주목하는 건 그가 속물이기 때문이 아니라, 어쩌면 그도 너무나 '상실' 당했기 때문에 그렇게 행동할 수밖에 없지 않았을까 하는 생각이 든다.

겉으로 보면 와타나베는, 그리고 나는 하고 싶은 일을 하는 것 같이 보인다. 누구에게 강요당하는 삶을 살지는 않는다. 그러나 와타나베는, 그리고 나는 패배자다. 세상을 바꿀 수 있다고 믿었던 60년대 일본 학생운동이 실패하고, 민주화를 위해 투신한 386세대가 오히려 더 치졸해지는 모습을 보면서, 우리는 짙은 패배감과 함께 세상이 요구하는 가치를 내면화하며 스스로의 삶을 상실해가고 있는 그런 패배자다. '만국의 노동자여 단결하라!' 로 전 세계 노동자를 선동했던 맑스처럼, '만국의 상실에 빠진 청춘이여 단결하라!' 라고 외쳐주는 사람이 있었다면 좋았겠지만 아쉽게도 그런 사람은 없었다.

『상실의 시대』도 그렇게 우리를 선동하지는 못했다. 나에게 더 이상 아파하지 말고 저들을 향해, 그리고 사회를 향해 돌을 던지라고 이야기하지 못했다. 대신 『상실의 시대』는 '너만 아픈 게 아니다' 라고 속삭이며 나와 함께 밤을 지새워주었다.

『상실의 시대』를 보고 난 뒤 내 친구 중 한 명은 아무 역할도 하지 못하는, 무의미한 자위 행위에 불과한 책이라고 했지만 난 이 책이 내 학창시절에 있어서 중요한 이정표가 되었다고 자부한다. 비록 무의미한 자위 행위로 끝나버렸다 해도, 이 책을 읽은 후 적어도 눈물은 그칠 수 있었다. 그래서 난 내가 상처받고 고민했던 것같이 지금 이 순간 나와 같은 느낌을 가지고 있는 학생들이 이 책을 읽고 위로를 받았으면 한다.

『상실의 시대』가 내게 해준 말이 있다. "너만 아픈 것 아니고, 너만 짜증나는 것 아니다." 가끔 재수를 하게 된 후배나 입시에 힘들어 하는 동생들을 만날 때마다 나는 꼭 이 말을 해준다. 『상실의 시대』가 내게 이런 말을 해주었듯, 나도 지금 아파하는 10대들에게 이 말을 해주고 싶다. 그렇다고 이 말이 '너 말고 다른 사람도 아파하니 투덜대지 말고 공부나 해라' 라는 뜻은 아니다. 내가 강조하고 싶은 점은 '외로워하지 말아 달라' 라는 것이다. 혼자만 아픈 것은 아니다. 나도 아팠고, 같은 고민을 하고 있는 사람은 정말 많다.

내게는 『상실의 시대』가 그랬듯이, 지금 상실감에 빠져 있는 10대들에게도 아픔을 공감해주는 그런 존재는 분명히 존재할 것이다. 당신만 이상한 것이 아니다. 상실감에 빠져 기운이 없다고 해서 당신이 바보가 되는 것은 아니다. 상실의 시대, 나는 상실의 시대에 살고 있고, 우리는 상실의 시대에 살고 있기 때문이다.

『상실의 시대』

젊은 세대들의 한없는 상실과 재생을 애절함과 감동으로 담담하게 그려냄으로써 무라카미 하루키 문학의 새로운 경지를 연 장편소설. 일본에서 600만 부의 판매 기록을 세운 빅 베스트셀러로, 대학 분쟁에도 휩쓸리지 않고 면학과 아르바이트를 하며 섹스에도 능한 주인공 나와, 각각 다른 이미지의 세 여인 나오코, 미도리, 레이코와의 관계를 통해 끊임없이 무언가를 찾고자 하는 작가 의식이 잘 그려져 있다

세상을 일찍 알아버린 아이의 슬픔
그것이 나에게 주는 위안

은희경 『새의 선물』

신수영(고려대학교 국어교육과 4학년)

사춘기 시절 때부터 나는 주위 어른들로부터 '세상 고민은 네가 다 안고 사는 것 같다'라는 말을 종종 들었다. 사실 나도 그와 같은 생각이 없지 않아서, 세상에 대한 객관적인 인식을 하게 된 때부터 인류의 평화와 부의 평등한 분배 따위의 문제에 고민하고 시름하는 것을 내가 해야 할 당연한 의무처럼 여겼다. 다른 사람도 아니고 '나이니까' 당연히 해야 하는 것쯤으로 생각했던 것이다.

또한 그와 거의 같은 시기에 나는 나와 다른 동년배의 친구들, 심지어 나보다 나이가 많은 몇몇과도 그들의 철 없음을 느끼며, 나를 차별했다. 그런 나를 꼭 닮은 여자아이를 고등학교 도서관에서 만났을 때, 야릇한 반가움과 함께 비밀을 들킨 것에 대한 창피함마저 느꼈다. 바로 은희경의 장편소설『새의 선물』에서였다.

(이모가) 저렇게 어린애 상태에서 머물러버린 것은 어쩌면 어린 시절을 고뇌 없이 보냈기 때문인지도 모른다. 그런 점에서 본다면 내게 있어서는 태생의 고뇌야말로 성숙의 자양이었다. '고뇌'라는 그 자양이, 삼촌 방의 다락에서 이루어진 '독서'라는 자양과 합해지면서 비로소 삶에 대한 나의 통찰을 완성시켰던 것이다.

이것은 열두 살 아이의 말이다. 소설에 등장하는 '나'는 열두 살의 여자아이 '강진희'이다. 작품의 전개에서 입을 빌린 대상 진희가 초등학생이라는 점에서, 흡사 고등학교 교과서에 등장하는「사랑손님과 어머니」의 '옥희'를 연상시키지만, 옥희가 순진무구한 아이의 눈으로 시종일관 사건의 전달자에 머무른다면, 진희는 철저한 분석자이자 사건 전개의 핵심이다. 이를테면 작품에서 마당 한가운데 우물을 둘러싸고 존재하는 세 가족과 같이, 진희라는 '우물'을 둘러싸고 작품의 이야기가 전개된다. 진희는 열두 살 이후 성장할 필요가 없었다. 6·25전쟁으로 실성하고 자살한 어머니로 인해 외할머니의 손에 길러진 '진희'는 열두 살의 나이에 이미 세상을 알았다. 자신에게 던져진 상황의 불리함을 일찍 간파한 것이다.

사람들이 외부로부터 힘을 얻는 이유는 두 가지이다. 자신과 유사한 상황에 처한 대상을 만나게 됨으로써 공감을 하게 되고 세상과 자신에 대해 이해하거나 그것에 대해 어떻게 대처해나가야 할지 제시받는 것이다. 내가 이 책을 추천하는 이유는 전자의 후자로의 확대에 있다. 나 역시 열두 살에 세상을 알았다. 조금 천천히 알아도 될 세상을 그때 이미 알았다.

1996년, 아버지가 중소기업을 하던 우리 집은 남들보다 조금 일찍 IMF라는 것을 맞았다. 내가 열두 살이 되던 해였다. 쫓기듯이 대도시를 떠나 한적한 어촌에서 이삿짐을 풀었을 때, 새해를 맞은 TV에서는 우리 가족을 그리도 혼란스럽게 했던 것의 실체가 드러났다. 모습도, 냄새도, 소리도 없는 IMF라는 것 때문에 나 역시 일찍부터 삶의 이면을 보기 시작했던 것이었다. 내가 처한 부정적인 상황과 그 속에서 새로 접하고 알게 된 다양한 인간 군상들, 내가 누릴 수 있는 것의 한계와 내가 수행해야 하는(기대되는) 역할의 확대, 기대할 수 있는 미래의 불확실성……. 그때부터 나의 사춘기는 그무렵 아이들이 고민하는 2차 성징 따위와는 비견하지 못할 혼란 그 자체였다.

한계는 자신이 처한 환경을 탓하는 마음으로부터 생긴다고 누군가 말했다. 그러한 면에서 자신이 처한 한계는 스스로 부여한 것이라고 할 수 있다. 5년이라는 짧지 않은 시간이 지나고 아버지가 재기에 성공하면서 우리 집은 다시 도시로 이사를 했지만, 나의 후유증은 그 후로도 계속되었다.

이미 지난 일이었지만, 사춘기에 겪었던 환경의 변화는 큰 상처로 남아 말하지 못할 비밀이 된 것이다. 일종의 트라우마이자 외상 후 스트레스성 장애인 셈이었다. 한동안 수업시간에 선생님이 IMF 이야기를 하기만 해도 흐르는 눈물을 주체할 수가 없어 선생님을 의아스럽게 만든 적도 있었다. 이를테면 스스로 만든 한계에서 벗어나지 못한 것이다.

그랬던 내가 '진희'를 만난 것이다.

내가 왜 일찍부터 삶의 이면을 보기 시작했는가. 그것은 내 삶이 시작부터 그다지 호의적이지 않다는 것을 알았기 때문이다. 삶이란 것을 의식할 만큼 성장하자 나는 당황했다. 내가 딛고 선 출발선은 아주 불리한 위치였다. 더구나 그 호의적이지 않은 삶은 내가 빨리 존재의 불리함을 깨닫고 거기에 대비해주기를 흥미롭게 기다리고 있었다.

이 어린아이가 처한 삶과 여태 극복하지 못한 나의 삶의 기억이 동일하게 일치하지는 않았지만 충분히 공감을 일으켰으며, 자신의 운명에 대한 철저한 인식과 더불어 본인 스스로 '극기 훈련'이라 부르는 다소 당돌하기조차 한, 자신의 환경에 대한 극복방식에서 나는 어떻게 해야 할지를 보았던 것이다. 일종의 위안이었다.

속깊은 발칙함이 주는 위안

내가 깨달은 바에 따라 나는 그동안 주저했던 나의 현실을 겁내지 않게 되었다. 물론 이제 그것을 탓하지도 않았으며 그렇다고 주어진 현실에 순응하려고 하지도 않았다. 심지어 나의 현실은 외할머니 손에서 철없는 이모와, 엘리트 삼촌과 살고 있는 '진희'의 그것보다는 나았다고 할 수 있다. 그래서 나는 이제 내가 당시에 했던 경험들, 가난과 가족의 해체 그리고 재결합의 기억에서 소소한 이야기들을 친구들에게 두려움 없이 할 수 있게 되었다.

이 책을 후배들에게 추천하는 이유가 거기에 있다. 진희는 세상에 대해 일찍 인식했기에, 어른들이 바라보는 겉모습의 아이가 아니라 오히려 어른들의 행동과 시선을 분석하고 그를 역으로 이용하는 '속깊은 발칙함'이 있지만 그것이 전부가 아니다. 그것이 까뮈의 『이방인』이나 크로닌의 『성채』와 같이 시대의 고전들에 앞서 성장소설인 이 작품을 추천해야겠다고 생각케 했던 것이라고 할 수 있다. 자신이 선택하지 않았음에도 자신에게 이미 주어진 삶의 변

사람들이 외부로부터 힘
을 얻는 이유는 두 가지이다. 자신과 유사한
상황에 처한 대상을 만나게 됨으로써 공감을
하게 되고 세상과 자신에 대해 이해하거나
그것에 대해 어떻게 대처해나가야 할지 제시
받는 것이다.

화로 인해 남들에게 보이고, 기대되는 정도의 모습보다도 필요 이상의 성숙을 경험해버린 사람들이 필연적으로 감당해내야 하는 혼란과 슬픔에 대해서 이 책이 보다 가까이 마음을 두드려오는 바가 있다고 느꼈기 때문이었다. 나뿐만 아니라 다른 사람들도 그러한 위안과 자신을 구하길 바란다.

『새의 선물』

30대 중반을 넘긴 '나'가 1969년 열두 살 소녀시절을 회상해보는 '액자소설'의 형식을 갖추고 있는 은희경의 장편소설. 여섯 살에 어머니는 실성하여 자살했고, 아버지는 사라졌다. 외할머니 슬하에서 이모, 삼촌과 함께 사는 열두 살의 '나'는 세상이 내게 별반 호의적이지 않다는 것을 알았기에 열두 살에 성장을 멈췄다. 세상을 다 알아버린, 남의 속내를 예리하게 간파해내는 조숙한 아이가 세상을 바라보는 공간은 우물을 중심으로 하여 두 채의 살림집과 가게 채로 이루어진 '감나무집', 그리고 읍내의 '성안'과 도청소재지를 넘나드는 남도의 지방 소읍이 전부다. 그 공간에서 '나'는 각양의 군상들을 만나고, 그 군상들의 일상 속에 펼쳐지는 삶의 숨겨진 애증의 실체를 엿보거나 사람 사이의 허위를 들추어낸다.

아 유 해피?
아무것도 없이 행복한 사람들

류시화 『지구별 여행자』

김소희(이화여자대학교 인문과학부 1학년)

2008년 봄, 나는 스무 살이 되었고 괜찮은 대학에 다니게 되었다. 꿈꿔왔던 대로 하고 싶은 공부를 원하는 시간에 할 수 있게 되었고 한 걸음 더 사회에 다가서게도 되었다. 이런 순간이 오기까지 나에게도 많은 시련이 있었는데, 그것은 5년이나 지속된 사춘기였다.

10대. 나는 이 단어만 들어도 가슴이 뭉클하다. 답답함, 불행감, 허무감, 두려움, 후회로 하루가 멀다 하고 스트레스에 짓눌렸던 그 시간들이 떠오른다. 고학년이 될수록 미래에 대한 부담감은 커져만 갔고, 성적이 조금이라도 떨어지면 인생에 대한 후회를 맛보기 쉽상이었다.

　나는 날마다 네모난 교실 안, 네모난 책상에 앉아 읽고 외우고 쓰고를 반복해야만 했고, 슬럼프가 왔을 땐 이런 답답한 생활을 더 이상 지속할 수 없었다. 혼자 모든 걸 박차고 여행을 떠나기엔 해야 할 일들이 너무 많았고, 하루하루 나는 불행해지고 있었다. 혼자만의 생각이 많아졌고, 내 감정을 토해낼 곳은 일기장뿐이었다. 감정의 메마름을 느꼈고, 나는 정말로 인간이 아닌 공부하는 기계가 되어가고 있었다.

　그런 나에게 오아시스처럼 다가온 것이 책들이었다. 나는 책을 통해 여행할 수 있었고, 책을 통해 사랑할 수 있었다. 나는 눈을 감고 책 속 활자 너머의 사막을 건넜고, 빙하를 오르고, 바다를 만났다. 책을 통해 내가 미래를 위해 포기해야 했던 모든 것들로 닿을 수 있었다. 그래서 나는 그 시절 행복할 수 있었고, 미래를 두려워하지 않을 수 있었다.

사막을 건너는 힘

　나의 많은 책 여행들 중 기억에 남는 것은 류시화 시인을 통해서 간 인도 여행이었다. 류시화는 잠자는 내면의 나를 조용히 이끌어 인도로 데려갔다. 『지구별 여행자』, 이것이 이 여행의 이름이었다.

이 여행을 통해 만난 인도사람들은 나에게 큰 가르침을 주었고, 그 가르침들은 힘들었던 나의 10대를 지나 지금 20대의 사막에서도 큰 힘을 주고 있다. 나에게 새로운 세상을 보도록 하였고, 모든 상황에서도 행복하게 웃음 지을 수 있게 해주었다. 그리고 나로 하여금 어디로든지 나아가게끔 하였다.

그러다 보니, 내 위에 얹힌 압박감들은 어느새 내 손으로 내려지고 있었고, 나는 모든 상황을 이해할 수 있게 되었다. 그렇기 때문에 내가 이 책을 통해 얻은 가르침들을 나는 진정 10대 청소년들에게도 전해주고 싶은 마음이 간절하다. 그들도 이 여행에 동참하면 나와 같이 행복한 미소를 띨 수 있으리라 믿는다. 진정한 가르침은 삶에서 배운다. 하지만, 책으로나마 닿아보는 것이 어디인가. 나에게 감명을 준 어록들을 먼저 소개하고자 한다.

음식에 소금을 집어넣으면 간이 맞아 맛있게 먹을 수 있지만, 소금에 음식을 넣으면 짜서 도저히 먹을 수가 없소. 인간의 욕망도 마찬가지요. 삶 속에 욕망을 넣어야지, 욕망 속에 삶을 집어넣으면 안 되는 법이오.

돌이켜보면, 난 항상 욕심이 많았다. 남보다 더 잘해야 했고, 더 가져야 했고, 이겨야만 했다. 욕심慾心. 난 이것을 오용해온 것 같다. 욕심을 남을 이기는 데 쓰면 불만을 부른다. 정말 우리가 이겨야 할 것은 나 자신이다. 삶에서도 그렇고, 학교에서도 그렇다. 우리는 남에게 졌다고 해서 실패를 맛볼 필요가 없는 것이다. 앞으로 나아가기 위해, 나의 꿈을 이루기 위해 넘어야 할 산은 내 앞이 아니라 내 안에 있다. 그리고 혹 넘지 못해 넘어지더라도 그 자체가 배움이리라. 욕심은 남의 것을 탐하는 것이 아닌, 나 스스로를 탐하는 것이다.

> 당신의 삶이 외로울 때, 그 외로움을 소란스러움과 친교로 채우기보다는 평화로움과 인상적인 대화, 진리에 근접하는 경험들로 채우려 한다면, 마땅히 인도로 갈 일이다. 그래서 길을 잃어버릴 일이다. 진정한 자신의 길을 발견하기 위해.

나는 이 문장을 읽었을 때, 약간의 혼란을 느꼈다. 자신의 길을 발견하기 위해 길을 잃어보라니, 혼란을 부추기는 일이 아닌가 싶었다.

10대의 나는 정말 외로웠다. 고독했고 홀로 고뇌했다. 친구들과의 시끌벅적한 대화로도 풀리지 않는 내면의 허무함, 잠깐 그 시기의 혼란이 아닌, 인생의 문턱에서의 혼란. 꿈과 미래에 대한 불투명, 자아에 대한 불투명은 항상 나에게 소외감이 들게 했다. 나로부터의 소외감 말이다.

17살, 나를 바꾼 한 권의 책

내 안에 있는 행복

지금의 10대들은 대학이라는 목표 때문에 모든 것을 제쳐둔다. 그 나이에만 할 수 있고 해야 하는 사고와 감정들을 지금은 할 수 없는 것, 지금 해서는 안 되는 것으로 치부한다. 나는 인생 선배로서 말한다. 사유思惟하라. 굳이 어디론가 떠날 필요는 없다. 10대 때는 많은 가능성을 가지고 사유할 수 있고 세상을 아는 어른들보다 더 사고思考의 폭이 크다. 생각의 홍수들 속에서 헤엄쳐 그 안의 나를 찾아내는 것, 그것이 우리 내면의 고독을 덜어줄 것이며, 진정 나를 앞으로 나아가게 할 것이다. 우리 자신 안에 진리와 평화가 깃들어 있다.

인도는 가난한 나라로 유명하다. 그런데도 행복지수는 세계의 상위권을 달리고 있다. 교육을 받지 못해도, 아무것도 없어도 행복한 사람들이다. 우리는 그보다 많이 배우고 가졌는데도 왜 행복을 느끼지 못하는 것일까. 인도 사람들은 말한다. 내가 행복하다는 사실을 매 순간 기억하는 일이 곧 행복한 삶을 영위하는 것이라고.

"아즈 함 바후트 쿠스헤(오늘 나는 무척 행복하다.)"와 "아 유 해피?"는 인도사람들이 입에 달고 사는 말이다. 인도사람들에게 행복은 애써 찾아야 하는 존재가 아닌 자신 안에 있는 것이었다. 우리 현실 안에 행복이 있고 우리가 그 사실을 깨달았을 때, 우리는 행복해질 수 있을 것이다.

이 책을 읽고 나면, 우리는 행복을 깨닫고, 행복해질 수 있을 것이다. 살아가는 데 중요한 것은 다른 사람들과의 경쟁에서의 승리가 아닌, 나의 행복을 아는 것이다. 나는 『지구별 여행자』를 통해 살아갈 날들에 대한 가르침을 얻었고, 삶을 사유할 수 있게 되었다. 나보다 물질적으로나 학습적으로 풍부한 사람들보다 더 자유롭고 풍성한 사고를 가질 수 있게 되었다고 감히 말할 수 있다. 나는 앞으로의 10대들은 나와 달리 10대 시절을 행복하게 기억하길 바란다. 그리고 한마디 노래를 불러주고 싶다.

"나나나 나나나 지금 너 그대로가 참 아름다워 목이 메어와~ ♫"

10대, 당신 그대로가 아름답다. 그 안의 더 눈부신 것을 찾길.

『지구별 여행자』

시인 류시화는 15년에 걸쳐 인도를 여행하면서 얻은 삶의 교훈과 깨달음을 시인의 깊은 사색이 느껴지는 필치로 잔잔하게 담아냈다. 작가는 37편의 에피소드를 통해 우리의 삶 자체가 배움의 과정이라 말한다. "우리는 어디서 왔으며, 무엇이고, 어디로 가고 있는가." 단순하지만 인생의 본질을 아우르는 이 질문은 복잡하고 바쁜 현재를 어떻게 살아가야 하는지에 대해 작지만 큰 힌트를 준다.

영혼의 마음을 가꾸는 것,
자연의 이치를 찾아서, 꿈을 찾아서

포리스터 카터 『내 영혼이 따뜻했던 날들』

손은혜(고려대학교 화학과 4학년)

챗바퀴처럼 돌아가는 일상, 가만히 있어도 땀이 줄줄 흐르는 무더위에 지칠 대로 지쳐 있었던 고2 여름. 방학 직전 보았던 모의고사 점수가 바닥을 친 뒤 조바심과 걱정에서 벗어나지 못하고 있던 나에게 특강과 자율학습이 빼곡한 방학은 더 이상 방학이 아니었다. 유난히 덥고 힘들었던 날, 자율학습을 빼먹고 집에 와버린 나는 교복도 벗지 않은 채 침대에 덩그러니 누워 있었다.

졸기를 잠깐, 뉘엿뉘엿 해질 무렵이 되자 열기가 한풀 꺾여 서늘한 바람이 창문으로 불어 들어왔다. 짜증도 가라앉고 지친 마음에도 여유가 생기자 맞은편 책꽂이에 꽂혀 있는 책 한 권이 눈에 들어왔다. 국어 선생님이 추천해주었지만 괜히 제목에서부터 지루함이 느껴져 책꽂이에 전시해둔 책이었다. 그렇게 『내 영혼이 따뜻했던 날들』을 만났다.

밤톨만 한 영혼을 키우기 위하여

책의 저자인 포리스트 카터의 자전적 성장소설이기도 한 이 책은 다섯 살에 부모님을 잃고 체로키족인 할머니, 할아버지와 함께 산 속에서 살아가는 '작은 나무'의 이야기다. 한 장 한 장마다 산 속에서의 익살스러운 에피소드가 가득하다. 현명하고 다정한 할머니와 무뚝뚝한 것 같지만 따뜻한 할아버지는 인디언 꼬마에게 자연과 더불어 살아가는 방법을 가르친다. 작은 나무는 부드러운 모카신을 통해 땅의 숨결을 느끼고 산이 깨어나는 소리를 들으며 자연의 모든 것에도 생명이 깃들어 있음을 배운다.

작은 나무가 늙은 사냥개 모드와 즐겨 찾는 비밀장소에 대해 할머니께 고백했을 때, 할머니는 누구에게나 비밀장소는 꼭 필요하다며 사람들 누구나가 가지고 있는 두 개의 마음에 대해 설명했다. 하나의 마음은 몸이 살아가는 데 필요한 것들을 꾸려가는 마음이고 또 하나는 영혼의 마음이다. 몸을 꾸려가는 마음이 욕심을 부릴수록 영혼의 마음은 점점 줄어들어서 밤톨보다 작아지게 된다. 모든 사람들은 다시 태어나는데, 밤톨만 한 영혼의 마음을 가지고 태어난 사람은 세상 어떤 것도 이해하지 못하게 된다. 할머니는 영혼의 마음을 가꾸는 비결은 상대를 이해하는 데 마음을 쓰는 것뿐이라고 말한다.

자연의 이치를 이처럼 조곤조곤 다정하게 가르치는 할머니와 달리, 할아버지는 작은 나무와 함께 산 구석구석을 다니며 직접 보여주고 들려준다. 자연과의 교감, 정직함의 중요성, 진정한 사랑 등 너무나 당연해서 그 의미와 중요성을 되새겨본 적 없던 진리에 대해 할아버지는 툭툭 건네는 특유의 말투로 설명한다.

누구나 자기가 필요한 만큼만 가져야 한다. (…) 꿀벌들만 자기들이 쓸 것보다 더 많은 꿀을 저장해두지. 그러니 곰한테도 뺏기고 너구리한테도 뺏기고…… 우리 체로키한테 뺏기기도 하지. 그놈들은 언제나 자기가 필요한 것보다 더 많이 쌓아두고 싶어 하는 사람들하고 똑같아. 뒤룩뒤룩 살찐 사람들 말이야. 그런 사람들은 그러고도 또 남의 걸 빼앗아오고 싶어 하지. 그러니 전쟁이 일어나고…… (…) 하지만 그들도 자연의 이치를 바꿀 수는 없어.

산 속에서의 고요한 일상이 소소한 즐거움을 안겨준다면 한 달에 한 번 책을 빌리고 위스키를 팔러 개척촌으로 나가는 길은 자연과 대립해 살아가는 사람들의 모습을 보여줌으로써 그 어리석음을 깨닫게 한다. 길을 물어보는 처지임에도 반말을 하며 화를 내는 부인, 자신의 사회적 지위를 자랑하는 교수, 기독교도인 자신의 정직함을 강조하는 사기꾼까지, 어린 작은 나무의 눈에도 이들은 영혼이 밤톨만 한 사람들로 보인다. 영혼이 빠져나간 마른 나무만 땔감으로 쓰고, 필요한 만큼만 농사짓고 사냥하는 체로키족에 비해 물질만능과 편협한 사고에 찌들어 있는 이들을 보며 이와 처지가 비슷한 오늘날 현대사회를 되돌아볼 수 있다.

마음이 힘들 때 들려오는 작은 나무의 목소리

『내 영혼이 따뜻했던 날들』은 몸도 마음도 유난히 힘들었던 그해 여름, 나에게 주어진 유일한 휴가였다. 찜통 같은 교실에 앉아 있었지만 책 읽는 순간만은 숲 속에서 여우몰이를 하고 수박을 먹으며 위스키를 만들 수 있었다. 약 5년이란 시간이 지났지만 여전히 이 책은 복잡한 내 마음의 고요한 휴식처다.

학교 신문사 기자로 일하느라 일주일이 월화수목금금금인 요즘, 제 꿈을 찾아 사회로 진출하는 또래 또는 선배들을 보면 마음이 급하다. 내 꿈을 이루기 위해서 제대로 가고 있는 건지, 내 꿈이 정말 기자가 맞긴 한 것인지, 자신감보다 불안함이 앞선다.

이래저래 걱정과 답답함 때문에 공부가 손에 잡히지 않는 날이면 이 책을 꺼낸다. 이 책을 읽고 있노라면 모카신을 신고 풀밭에 누워 별을 바라보고 있는 기분이 든다. 귓가에는 오늘은 내 비밀장소에 작은 인디언 제비꽃이 피었다고 소곤거리는 작은 나무의 목소리가 들려온다.

방학이 되면 내 꿈을 찾고 밤톨만 해진 영혼의 마음을 키우기 위해 조금은 긴 여행을 해볼 생각이다. 성적, 스펙, 돈, 인간관계를 모두 떠나 아무도 나를 모르는 곳에서 세상과 일 대 일로 만나볼 것이다, 물론 이 책과 함께.

『내 영혼이 따뜻했던 날들』

인디언의 세계를 어린 소년의 순수한 감각으로 묘사한 포리스터 카터의 성장소설로 전미서점상연합회가 선정한 제1회 애비상 수상작이다. 따뜻한 할아버지의 손으로 표현되는 소박하고 진실한 인디언의 삶과, 위선과 탐욕으로 점철된 백인사회의 모습이 좋은 대비를 이룬다. 첨단 문명의 시대 속에서 정작 중요한 것이 무엇인지를 잊고 살아가는 현대인들에게 경각심을 일깨워주고 있다.

'나 자신'이라는 작은 동굴에서
한 작가가 빚어낸 세계로

박경리 『토지』

박정언(서울대학교 사회학과 4학년)

중학교 3학년으로 올라가는 겨울방학을 앞두고 있을 무렵이다. 나는 언제부터인가 무엇을 봐도 크게 즐겁지 않을 뿐 아니라 슬프지도 않은 상태에 빠져 있었다. 당연히도 그 당시에는 나 자신이 어떤 시기를 지나고 있었는지 알 수 없었기 때문에 다만 가끔 '왜 요즘에는 항상 시큰둥할까' 하고 생각할 따름이었다.

어느 날, 초등학교 시절부터 좋아했던 남자아이와 학원에서 마주쳐도 더 이상 어디론가 숨어버리고 싶은 기분이 들지 않는다는 것을 발견한 나는 자가진단을 내렸다. "뭔가 이상해." 정확히 무엇이 이상한지는 잘 몰랐지만 말이다.

책에서 길을 잃다

다행이라고 해야 할지 불행이라고 해야 할지는 모르겠으나 나는 언제나 나만의 도피처를 가지고 있었다. 유난히 나만 미워하는 것 같은 담임선생님 때문에 교복만 봐도 화가 치밀어오를 때, 편을 갈라서 노는 친구들 무리 속에서 애매한 위치에 놓여 밤새 고민하게 될 때, 왜 해야 하는지도 잘 모르는 고등학교 선행학습을 한답시고 열두 시가 넘어서야 학원에서 돌아올 때……. 간단히 말하자면 '지금 내 주위를 둘러싸고 있는 모든 것이 마음에 들지 않을 때' 나는 책을 읽곤 했다.

어른들은 책 속에 길이 있다고 하지만 열다섯 살의 나이는 책에서 길을 찾기보다는 차라리 헤쳐나올 바를 모르고 푹 빠져버리는 편이 어울리는 시기이다. 나 역시 책을 읽을 때면 몰입되는 것 그 자체의 즐거움을 최대한으로 즐기는 편이었다. 한 권의 책에 머리끝부터 발끝까지 푹 담갔다 나온 다음에는, 머릿속에 득실거리던 각종 고민들이 가물가물하게 기억도 나지 않는 경우가 많았기 때문이다.

내가 책을 빌려 보던 곳은 동네에 있는 도서 대여점이었다. 길가

『토지』에 등장하는 숱한 인물들이 그들 앞의 생을 하루하루 벅차게 살아나갈 때, 그들뿐만 아니라 나도 그들과 함께 있었다.

소설 속에는 자신의 안위를 위해서라면 무엇이든 가리지 않는 사람들도 있었다. 물욕과 식욕을 아울러 넘쳐나는 그들의 생명력을 보며 이렇게나 치열할 수 있구나 하고 감탄사를 내뱉었다.

에서 바라보면 책이 몇 권이나 있을까 싶은 작은 가게였지만 일단 발을 들여놓은 사람들에게는 무한한 경이로움을 느끼게 할 만큼 많은 책이 압축적으로 보관되어 있는 곳이었다.

그리고 박경리의 『토지』는 그 좁고 깊은 공간 안에서도 유난히 강한 존재감을 발산하고 있었다. 지금은 다른 출판사에서 21권으로 나와 있지만 당시 내가 봤던 책은 누렇게 색이 바랜 15권짜리였다. 지루하던 2학년 2학기가 끝이 나고 겨울방학으로 접어들던 무렵, 그렇게 나는 『토지』의 광대한 세계에 발을 들여놓게 되었다.

소설 『토지』는 1969년 9월부터 한 문학 잡지에 연재를 시작하여 1994년에 집필이 끝났다. 26년이라는 긴 세월 동안 쓰여진 작품으로 1897년부터 1945년 8월 15일 광복의 날까지를 그 무대로 하고 있다. 이야기가 펼쳐지는 무대 또한 1부의 경남 하동 평사리에서 출발하여 용정, 간도, 하얼빈, 서울에서 일본까지 광범위한 공간을 자랑한다.

5부로 나뉘는 소설의 1부는 평사리에서 5대째 대지주로 군림해 온 최참판댁의 비극적인 사건으로부터 출발한다. 최참판댁의 정신적 지주인 윤씨 부인과 신경질적이고 병약한 그의 아들 최치수와 며느리 별당아씨, 그리고 그들의 외동딸인 최서희를 둘러싼 최참판댁 하인들과 평사리의 소작농들이 등장하기 시작한다.

그들의 일상에 윤씨 부인이 동학군의 장수인 김개주에게 겁탈당해 낳은 김환이라는 아들이 등장하면서 소설의 첫 번째 갈등구조가 시작되는데, 서희의 어머니인 별당아씨가 자신의 신분을 드러내지 않은 채 종으로 일하게 된 김환과 어디론가 사라지는 일이 생기고 만 것이다. 이후 마을에는 돌림병이 유행해 집안의 기둥인 윤씨 부인이 명을 달리하고 최참판댁의 먼 친척인 조준구의 계략으로 인해 집안은 몰락하게 된다. 어린 서희는 언젠가 가문을 일으키고 땅을 되찾겠다는 마음을 품은 채 조준구에 함께 맞섰던 마을 사람들과 간도로 이주해 정착한다.

최참판댁 사람들의 이야기가 중심이 되고 있지만, 『토지』는 결코 그 초점을 주인공이라 할 수 있는 최서희에게만 맞추지는 않는다. 평사리에 살던 많은 소작농들의 희노애락이 결코 서희의 그것보다 가볍지 않기 때문이다. 윤씨 부인-별당아씨-서희, 그리고 서희의 자녀들 이야기까지 이어지는 4대에 걸친 서사에는 약 700명의 사람들이 등장한다.

그리고 이렇게 많은 등장인물들은 모두 자신들 나름의 아픔을 가지고 있지만 이러한 괴로움은 결코 개인적인 것이 아니다. 평범한 일상을 빼앗기는 그 과정은 일본의 침략과 연관되어 있으며, 심지어는 서희의 복수심마저도 친일파의 득세라는 역사적 사실과 연관되어 있다.

간도로 이주한 후에 서희는 어린 시절부터 자신의 종으로 두었던 길상을 남편으로 맞이하게 되는데 이렇게 지극히 개인적인 감정의 문제 역시 신분제의 약화라는 시대적 상황을 배경으로 하고 있다.

17살, 나를 바꾼 한 권의 책

그들의 삶은 모두 각자의 고통을 오롯이 짊어지고 가야 하는 버거운 것이었지만 결국 조선이라는 나라의 백성들이 겪어내야 했던 공동체적 고통이었다.

모두가 자신들의 고달픈 삶이 세상에서 가장 괴로운 것인 양 몸부림쳤지만 사실은 함께 울부짖고 있었던 것이다. 한순간을 지나면, 어떤 이는 일본의 밀정이 되지만 다른 누군가는 3·1운동의 후유증에 시달리는 나약한 지식인이 된다. 누가 더 위대한지를 따지는 것은 크게 중요한 일이 아니었다. 단지 그들이 역사의 소용돌이에서 운명을 결정하는 찰나의 선택들이 위태로워 보여, 나는 소설을 읽는 내내 마음을 졸였다.

『토지』에 등장하는 숱한 인물들이 그들 앞의 생을 하루하루 벅차게 살아나갈 때, 그들뿐만 아니라 나도 그들과 함께 있었다. 서희가 땅을 향한 독기어린 집념을 보일 때도, 소작농인 용이와 무당의 딸인 월선이가 이루지 못한 사랑으로 꺼이꺼이 목을 놓아 울고 있을 때도, 사회주의를 통해 세상을 바꿀 수 있다고 믿는 젊은이들이 밤새 격론을 벌이며 나라의 미래를 걱정하고 있을 때에도 말이다. 심지어 일본인 오가다가 인실에 대한 마음을 갈구할 때도 나는 그들과 함께 있었다.

소설 속에는 자신의 안위를 위해서라면 무엇이든 가리지 않는 사람들도 있었다. 조준구나 임이네의 패악을 보며, 물욕과 식욕이 아울러 넘쳐나는 그들의 생명력을 보며, 인간이 이렇게나 치열할 수 있구나 하고 탄사를 내뱉었다.

책 안에서 길을 찾다

『토지』를 집어든 다음 어느 순간부터인가 나는 그들과 함께 간도를, 용정을, 평사리를 헤매고 다녔다. 이 거대한 세계 속에 나오는 사람들은 내가 평생을 가도 다 만나보지 못할 사람들임이 분명했기 때문에 한시라도 놓칠 수가 없었던 것이다. 소설이 끝자락으로 치닫게 되자 책장을 넘기고 싶지 않았던 기억은 아직도 생생하다. 일제의 항복 소식을 듣는 서희의 모습으로 끝이 나는 소설을 덮고, 그들 앞에는 아직 6·25전쟁이 남아 있다는 걱정에 잠을 이루지 못할 정도였다.

그렇게 나는 그 겨울, 한달 남짓 한 시간을 다른 세계의 사람들과 함께 보냈다. 낮과 밤이 몇 번 지나고 새해가 되었다. 어른들은 떡국을 먹는 내게 "이제 한 살 더 먹었으니 철들어야지" 하고 웃었지만, 나는 이미 세상의 모든 삶을 이해할 수 있을 것만 같은 묘한 기분으로 새해를, 새학기를 맞이했다. 그렇게 나는 한 작가가 빚어낸 세계를 경험하면서 '나 자신' 이라는 작은 동굴에서 빠져나올 수 있었던 것이다.

소설 속의 사람들이 그러했듯, 나 역시 나 혼자만의 삶을 살아가는 것이 아니라는 사실을 알게 된 이후에는 더 이상 이전과 같을 수는 없었던 것은 당연한 일이다. 어떤 경우에는 정말로, 한 권의 책이 사람의 세계관을 바꿔놓을 수도 있다는 것을 나는 『토지』를 읽은 후에 절실하게 깨달았다. 아직도 누렇게 빛 바랜 책에서 나던 오래된 종이 냄새를 잊을 수가 없다.

『토지』

19세기 말에서 20세기 전반까지 우리 민족의 삶을 총체적으로 그리고 있는 박경리의 대하소설로 판소리, 설화, 민요 등 다양한 서술방식을 통해 우리 문학의 전통의 맥을 잇고 있다. 26년이라는 집필 기간에, 시간적 배경은 1897년에서 1945년까지 약 50여 년에 이르며, 공간적으로는 경남 하동 평사리에서 만주와 일본 도쿄에까지 미친다. 또한 등장인물은 700여 명에 달하는데 이들은 평사리를 중심으로 5세대에 걸쳐 확대되는 인물 관계도를 펼쳐 보인다. 우리 문학사상 좀처럼 찾아볼 수 없는 방대한 규모, 다의적인 서사구조를 보여준다.

나를 바꾼 한 권의 책

선배들의 39권의 책이 여러분에게 힘이 되었나요?

이제 여러분이 읽은 한 권의 책으로 40권을 완성하세요.

이제 이 책은 명문대생 40인이 말하는 『17살, 나를 바꾼 한 권의 책』입니다.